RETOUR DE BÂTON

Harrisburg Railers #4

RJ SCOTT

V.L. LOCEY

Translated by
ALEXIA VAZ

Love Lane Books

Retour de bâton (Harrisburg Railers #4)

Harrisburg Railers #4

Copyright © 2018 RJ Scott, Copyright © 2018 V.L. Locey, Copyright © 2020 Version française

Couverture par Meredith Russell

Traduit par Alexia Vaz

Publié par Love Lane Books Limited

ISBN 9781785646492

Dédicaces

À ma famille, qui m'accepte avec toutes mes manies et mes excentricités. Même la banane en plastique dans mon étui de revolver. ~ V.L. Locey

Aux Penguins de Pittsburgh, qui ont tout le temps de gagner des matchs. Et comme toujours, à ma famille. ~ RJ Scott

Newsletter

Inscrivez-vous pour suivre les sorties des romans en français.

rjscott.co.uk/NL-FR

RETOUR de *Bâton*

— HARRISBURG RAILERS 4 —

RJ SCOTT & V.L. LOCEY

Love Lane Books

UN

Erik

_____

En Suédois, nous avons une devise : « *Det blir som det blir* ».

Traduit grossièrement, cela donne quelque chose qui ressemble à *ce qui devait arriver, arriva* et malgré quelques faux-pas sur le chemin, je crois que tout arrive pour une raison.

Comme le fait que je sois là, en Pennsylvanie, alors qu'hier, j'étais assis dans mon jardin, à ne porter qu'un petit pull et une veste au milieu de l'hiver à San Diego. Aujourd'hui, il y avait de la neige. Beaucoup de neige. Et il faisait plus que froid, la température devenait même mordante lorsque le vent vous balayait dans la bonne direction.

— Tu ferais mieux d'enfiler un manteau, me dit obligeamment Emma.

Elle était mon agent de liaison pour m'aider à m'installer ici. Elle m'avait fait signer beaucoup de formulaires, m'avait donné des clés ainsi qu'une carte magnétique, et m'avait débité une liste de règles auxquelles tous les Railers devaient apparemment adhérer.

— Un manteau plus épais, peut-être.

Tu crois ? Je frissonnai. Le froid s'était insinué dans mes os. Même si elle m'avait expliqué, en me faisant faire le tour de l'East River Arena, un bâtiment qui n'avait que quelques années, qu'il y avait des problèmes de chauffage en train d'être réparés, j'espérais vraiment qu'il ne fasse pas aussi froid tout le temps.

Et oui, je venais de Suède, et j'étais joueur de hockey. J'étais conscient que je devrais être habitué aux températures glaciales, mais la météo de Harrisburg suffisait à me geler le cul.

— Un manteau, c'est sur ma liste de course, déclarai-je.

Je lui lançai mon plus grand sourire. Elle sourit en retour et inclina légèrement la tête, tout comme mon ex l'avait fait le soir où je l'avais rencontrée, où j'avais couché avec elle et où j'avais créé une vie avec elle.

J'aimais les femmes, j'aimais les hommes. Si j'avais été sur le marché, alors Emma ou effectivement ce Pete qui s'occupait de la sécurité et qui m'avait tapoté l'épaule quand j'étais arrivé, auraient été dans ma ligne de mire. Mais je n'étais absolument pas disponible et il était hors de question que je me lance avec quelqu'un d'autre avant longtemps.

Mon fils était mon but premier, réellement. Venaient ensuite le hockey et l'envie de gagner la coupe Stanley. L'apogée du succès au hockey. C'était un bel objet brillant que tous les joueurs professionnels de hockey souhaitaient gagner.

Non pas que je m'attendais à ce que les Railers l'aient cette année. Nous étions une équipe en expansion, nouvelle dans la LNH. Nous étions des diamants bruts, avec beaucoup de potentiel.

Ils avaient un bon groupe dans leur équipe espoir, des jeunes hommes qui étaient formés pour être prêts à rejoindre les vrais Railers. J'étais l'un des mecs de cette équipe préparatoire. Non pas que j'étais jeune. Vingt-sept ans, c'était bien trop tard pour être « jeune » quand des gamins de dix-huit ans se pointaient et vous montraient comment on joue. Je m'attendais à finir mon contrat avec Carlisle Rush, ou une autre équipe de la ligue de hockey américaine qui tenterait sa chance avec moi, mais non, la situation avait rapidement évolué, j'avais été blessé et je m'étais retrouvé là, dans la cour des grands.

Et avec lui.

Comme mon agent le disait, les Railers étaient une équipe passionnante, une équipe qui souhaitait que je joue les grands matchs, et bon sang, j'étais prêt pour ça. J'avais été formé à dix-huit ans, et pendant neuf longues années, j'avais joué pour la LAH. Ce n'était pas essentiellement une mauvaise chose, mais tout de même, je voulais jouer pour la coupe. Je voulais la bague de vainqueur, et le véritable talent qu'était en train de rassembler cette équipe nous permettrait de tenter notre chance. Avec un peu d'espoir. Si je tenais sacrément bon et que je ne gâchais pas tout.

— Tu es l'un de ces patineurs qui grandissent avec leurs capacités, avec leurs corps.

C'était ce que mon agent me faisait remarquer à chaque fois que je perdais la conviction de pouvoir le faire.

— Le garçon est devenu un homme, ajoutait-il.

Lorsqu'il parlait ainsi, on aurait dit qu'il se prenait

pour Yoda, tout en ayant la capacité de mettre les mots dans le bon ordre.

Emma arrêta de marcher et je lui fonçai presque dedans. Je l'aurais fait si je n'avais pas eu cet équilibre et ces réflexes que l'on encensait tant.

— Voici le coach de nos défenseurs, dit-elle.

Elle agita une main en direction du grand blond qui franchissait la porte sur laquelle était écrit « Entraîneurs ». Il aurait fallu être un véritable idiot pour ne pas le reconnaître.

— Jared Madsen, ajouta-t-elle.

Sauf si, peut-être, j'étais l'un de ces joueurs qui ne connaissaient pas le monde dans lequel ils jouaient.

— Bienvenue chez les Railers, déclara Jared en tendant la main.

Défenseur devenu entraîneur, il connaissait également de grands déboires à cause de la personne qu'il fréquentait. Enfin, je savais avec qui il sortait, mais Emma avait passé trente bonnes minutes à défier mes points de vue sur la vie, comme si elle voulait exprimer un certain niveau de soutien pour cette histoire Ten/Jared qui faisait parler en ce moment. Elle n'avait vraiment pas besoin de faire ça.

J'avais simplement déclaré que « l'amour, c'est l'amour » et elle avait acquiescé d'un approbateur.

Je serrai la main de Jared et tentai un sourire, qui, je l'espérais, incluait ce que je pensais de sa relation avec un mec, c'est-à-dire que je n'avais aucun problème avec ça, que je l'acceptais et le soutenais. Mais étant donné le froid qui secouait mes os, il était plus probable que mon sourire se transforme en grimace, puisque Jared haussa ses sourcils d'un air interrogateur.

— Tu vas te sentir un peu dépassé, au début, avec la nouvelle équipe, et tout, dit Jared.

Il relâcha sa prise sur ma main. Il m'offrait une porte de sortie et la chance d'expliquer mon demi-sourire.

Je fis de mon mieux.

— Ravi pour vous et Ten, Coach, dis-je.

Puis je fanfaronnai pour justifier ma déclaration.

— J'aime bien Tennant, c'est un bon gamin.

Merde. Le qualifier de « gamin » attirait l'attention sur la différence d'âge entre le Coach Madsen et Tennant, hein ? Non pas que cela soit une mauvaise chose, mais…

— Je veux dire, c'est un bon ailier, il est bénéfique pour l'équipe.

Sur ces mots, le Coach sourit.

— Merci.

Il avait un porte-bloc dans la main et un troupeau de gosses derrière lui, jetant des coups d'œil et me fixant tous.

— C'est qui ? chuchota presque l'un d'entre eux.

C'était un petit garçon, qui ne devait pas avoir plus de neuf ans. Il s'agissait clairement d'une visite des gamins du coin organisée par les Railers, ou une sortie scolaire, quelque chose dans le genre. J'affichai mon visage de jour de match.

— Salut, les enfants.

Je fis un pas sur le côté pour qu'ils puissent tous me voir.

— Je suis Erik Gunnarsson, ailier droit.

Il y eut un moment d'hésitation, puis tout se déversa d'un coup : les questions, les commentaires, les félicitations… Quelques gamins avaient même entendu parler de moi. Le Coach Madsen dut les rassembler en groupe pour qu'ils se calment et on voyait bien qu'il prenait le qualificatif de « Coach » à cœur, puisqu'il n'eut besoin que d'un mot pour que les enfants le suivent comme une foule de petits canards.

— Par ici, dit Emma.

Elle continua de parler alors que nous marchions le long du couloir, vers les ascenseurs.

— Les Railers font beaucoup de sensibilisation dans la communauté, avec les écoles. Nous avons une nouvelle équipe de luge, nous travaillons avec plusieurs œuvres de charité et nous organisons des soirées de collecte de fonds auxquelles on voudra que tu participes.

— Cool.

J'aurais voulu avoir quelque chose d'autre à dire. Nous avions des soirées avec les œuvres de charité, chez les San Diego Admirals, seulement, elles n'étaient pas aussi chics que ce qu'une équipe de la LNH pouvait organiser, à mon avis, comme des soirées au casino ou des adoptions de chiots. Être un joueur ne demandait pas seulement d'être sur la glace. Le côté charité, engagement dans la communauté, était une partie essentielle de ma vie. En Suède, quand j'étais enfant, j'avais été en charge des récoltes de fonds dans ma première équipe. Ma grand-mère avait toujours dit que je pouvais récolter de l'argent juste en utilisant mes fossettes et mes bouclettes.

Mamie n'était évidemment pas objective, mais elle avait eu raison puisque j'*avais* récolté beaucoup d'argent.

Et croyez-moi, j'avais toujours su comment utiliser mes fossettes et mes bouclettes.

Emma appela l'ascenseur et nous attendîmes dans le couloir froid. Je baissai alors les manches de mon maillot Admirals usé et elle se blottit davantage dans son manteau à capuche en fourrure.

— Nous avons une conférence de presse, demain, dit-elle. Notre consultant en réseaux sociaux voudra planifier un rendez-vous avec toi et il suggère que nous passions après la visite. Layton Foxx sera là, et je te le présenterai quand tu auras pris tes repères sur la glace.

— Bien sûr.

Je gardai le nom dans un coin de ma tête. J'avais vu les conférences de presse pour les mecs de l'équipe qui se pliaient à tout le protocole, mais l'homme qui avait orchestré tout cela m'était inconnu.

L'ascenseur arriva et je fis signe à Emma d'entrer en premier. Elle me sourit, même si pour être honnête, je voyais très peu son visage sous la fourrure de sa capuche. Je lui souris en retour et me mis à l'autre extrémité de l'ascenseur. Sans les mains. Pas toucher. On reste professionnel et on ne fait pas semblant d'être disponible.

Toutes ces paroles sages venaient de ma grand-mère, de mon agent et de mon meilleur ami Lars. C'étaient eux qui m'aidaient à recoller les morceaux de ma vie : être un mari, un père et avoir vécu cet été qui avait changé ma vie.

— Par ici, dit Emma.

Je la suivis dans un autre couloir. J'allais sérieusement me perdre. Tout était différent à cet étage. Les murs étaient dénués de posters de l'équipe, mais à la place, il y avait des citations de hockey inspirantes. Leur intensité grandissait au fur et à mesure que nous approchions des vestiaires. On aurait dit que quelqu'un dans cette équipe croyait au pouvoir des pensées positives. Alors qu'on lisait, dans des lettres majuscules noires en gras, que les Railers étaient des gagnants, nous atteignîmes les doubles portes et Emma s'arrêta à nouveau. Cette fois-ci la grâce des Gunnarson et le contrôle de mon corps joua correctement son rôle et je me stoppai à temps.

— Ton badge électronique te permettra d'entrer dans les vestiaires, puis ouvrira ton casier, alors tu dois tout le temps l'avoir. Autrement, tu te retrouveras enfermé dans le couloir sans aucun moyen d'entrer.

— Le badge électronique. Compris.

— Essaie-le maintenant.

Je tirai la carte sur le cordon élastique et l'agitai, comme elle me l'avait montré, devant le boîtier de contrôle.

Quatre-vingt-quinze pour cent de mon cerveau espérait que cela ne fonctionnerait pas. Il s'agissait de cette même partie de moi-même qui voulait vraiment être choisi par une autre équipe de la LNH que les Railers. N'importe quelle équipe. Même un club nul qui battait régulièrement mes chers New York Rangers.

Évidemment, ma chance fut que le badge fonctionna et soudain, je me retrouvai hors de ma zone de confort. À l'intérieur, se trouvait une équipe attendant son nouvel ailier droit, quelqu'un qui pouvait consolider leur quatrième ligne, maintenant qu'ils avaient perdu leur vieux joueur, Marc Gauthier, à cause d'une blessure sur le bas du corps qui aurait des séquelles au long terme.

Dans le vestiaire, se trouvaient des joueurs que je connaissais bien : Tennant Rowe, Adler Lockhart, Jens Hedlund, Dieter Lehmann, Lee Addison, mon compatriote suédois Arvid Ulfsson, et le capitaine Connor Hurleigh, pour n'en nommer que quelques-uns. Bon sang, Anatony « Toly » Sokolov était là, et il s'agissait de mon héros personnel, sans parler de mon potentiel collègue ailier sur la quatrième ligne.

— Vous allez bien ? s'enquit Emma. Je sais que ça peut être impressionnant.

— Je ne suis pas impressionné. Je suis impatient, la rassurai-je.

J'avais désespérément envie d'aller sur la glace avec les Railers, tout en évitant un grand Russe.

— J'ai juste froid, ajoutai-je.

Elle réagissait probablement à mon visage pâle ou à mes frissons, les prenant pour une crise de nerfs.

Je n'étais pas nerveux à cause du hockey ou des joueurs. C'était mon job et je savais faire mon travail.

Il n'y avait qu'une chose qui provoquait des papillons dans mon ventre, et la nausée qui commençait à monter.

La peur de me retrouver en face à face avec Stanislav Lyamin. Stan, l'homme que j'avais aimé et que j'avais rejeté l'année dernière. Un camp de préparation physique, un été interminable, et une relation que je n'oublierais jamais. J'étais tombé amoureux du grand gardien du but qui ne parlait pas anglais, à part pour quelques mots qu'il avait découverts dans la pop culture. Nous étions tombés sous le charme l'un de l'autre sans trop parler. Qui faisait ce genre de choses ?

Et Stan ? C'était le nouveau gardien de but des Harrisburg Railers, et il se trouvait dans cette pièce.

— *Det blir som det blir*, murmurai-je. Ce qui devait arriver, arriva.

Stan allait m'ignorer, me frapper ou me regarder avec ses yeux gris tragiquement beaux.

— Pardon ?

— C'est de la superstition, dis-je rapidement.

Les gens s'attendaient à ce que les joueurs de hockey fassent des choses étranges pour se porter chance, et elle hocha la tête, me faisant signe qu'elle comprenait. La porte du vestiaire était également fermée à clé. On y accédait avec le badge. Après l'avoir agitée devant le lecteur, nous entrâmes.

Le bruit se tut. Ce qui avait été une cacophonie de cris, de rire et de discussions quand j'avais poussé la porte, s'interrompit immédiatement. Dire que je pensais que j'allais rencontrer un petit groupe composé de certains membres de l'équipe, peut-être un effectif réduit et que je ferais leur connaissance petit par petit. Mais non, je n'allais pas avoir cette chance.

Tout le monde était là et un par un, ils me saluèrent d'une poignée de main s'ils étaient suffisamment proches, ou d'un signe de tête s'ils étaient loin.

Le capitaine Connor Hurleigh traversa la pièce jusqu'à moi pour me serrer la main.

— Bienvenue chez les Railers, déclara-t-il.

J'avais un sacré respect pour Connor. Arriver en tant que capitaine d'une équipe en train de se développer était un challenge, et il l'avait brillamment relevé, amenant ses coéquipiers jusqu'aux play-offs, l'année dernière. J'avais tellement de choses à lui dire, tellement de questions, je fus seulement capable de chercher la seule personne que je ne pus voir immédiatement dans la pièce. Stan.

— Pardon pour le manque de chauffage, ici, continua Connor. Ils ont dit qu'il serait réparé avant quinze heures. Tu es prêt ?

J'écoutais à moitié. Stan n'était sérieusement nulle part. Et vraiment, on ne pouvait pas passer à côté de cette montagne d'un mètre quatre-vingt-quinze, particulièrement dans son équipement de gardien. Sa taille avait été l'une des choses qui m'avait attiré chez lui. Je n'étais pas petit, mais je faisais environ un mètre quatre-vingts et quinze kilos de moins que lui. Lorsque nous nous étions rencontrés en Suède, tout ce que j'avais réussi à me dire, c'était qu'il était magnifique, sexy et que j'avais envie de lui.

Alors j'avais travaillé plus dur, lui courant après avec plus d'ardeur que je n'en démontrais lors de ma préparation physique.

J'avais eu Stan dans mon lit et dans mon cœur pendant tout le camp. J'étais tombé amoureux et je m'étais ensuite montré lâche. Ou héroïque ? Qui pouvait savoir ce que j'avais été ? Enfin, tout ce qui restait, c'était que je l'avais rejeté.

— D'accord, allons chercher ton équipement, déclara Connor.

Ses mots me tirèrent hors de ma rêverie. Étais-je resté planté là comme un idiot ? Il ne semblait pas énervé contre moi, donc peut-être que je n'avais pas gâché ma première matinée ici.

— Tes affaires sont dans ton casier. On t'a mis avec Toly.

Anatoly « Toly » Sokolov, collègue ailier et futur ami, je l'espérais, me lança un sourire accueillant. Il me parla pendant tout le temps où je me déshabillai et me changeai, avant d'enfiler le maillot d'entraînement de ma nouvelle équipe. Les maillots d'entraînement étaient noirs ou blancs, mais ils avaient tous un logo de train. Le mien était noir, tout comme celui de Toly. Il me fit un *check* du poing quand je terminai de lacer mes patins, qui avaient déjà été préparés dans mon casier.

Stan était probablement déjà sur la glace. Je pouvais l'imaginer, là, gracieux malgré sa taille et son équipement.

Il serait dans le filet, travaillant peut-être ses étirements, ou son côté bloqueur, qui, d'après ses propres plaintes, était toujours plus faible que son côté ganté. Il serait tellement concentré qu'il ne remarquerait même pas ma présence.

Qu'étais-je pour ce grand Russe, de toute façon ? Un amour de vacances ? Il allait me fuir autant que je l'avais fui. Il comprenait qu'on ne pouvait pas être ensemble. Il avait une vie qui correspondait aux rêves standards de la LNH.

J'avais épousé Freja puisque cela avait été la chose à faire. Nous avions eu un enfant ensemble. Même après la séparation, ma famille pensait que je gérais parfaitement la situation avec mes emplois du temps plein de couleurs et ma nounou, mais de qui me moquais-je ? Ma vie n'était pas si organisée. Ma vie était en fait bordélique de bien des façons, et la peur d'affronter Stan pour la première fois depuis l'été dernier n'aidait pas du tout.

J'avais une ex-femme bientôt officielle, un bébé dont j'avais la garde principale, une nourrice qui me sauvait la vie quotidiennement, une dette grandissante, un appartement vide en location qui devait être rempli, et un requin du barreau en raccourci sur mon portable.

Aujourd'hui, à cet endroit, je devais affronter un Russe.

Je touchai la glace, le glissement léger de mes patins sur la matière froide suffisante pour me faire oublier mon malheur quand je décrivis des cercles paresseux. Toujours aucun signe de Stan et le gardien remplaçant était épuisé, appuyé sur sa cage et parlant avec l'un des entraîneurs.

J'entendais des plaisanteries, j'en voyais s'échauffer, chahuter, et je commençai à étudier la patinoire, les gradins ainsi que l'énorme écran géant au-dessus de ma tête.

Puis, l'air changea et il y eut du bruit, ou bien je sentis quelque chose. Je ne savais pas ce pourquoi exactement, mais je savais qu'*il* était là. J'étais toujours habitué à lui, comme s'il n'avait jamais quitté mon cœur ou ma tête. Je le savais, c'était aussi simple que ça.

Connor me tapota le bras.

— Et voici Stan, notre nouveau gardien.

DEUX

Stan

_____

Il y avait tellement de personnes que j'aurais aimé voir se tenir sur la glace lors de mon entraînement plutôt qu'Erik. Par exemple, ma sœur adorée, Galina, ma sainte de mère, Arina, mon chat, Lucy, ou mon nouveau coup de cœur gay et américain, Zachary Quinto.

Zachary ne porterait que son sourire, même s'il faisait froid sur la glace.

Mais non, aucun d'eux ne se tenait devant moi, portant un maillot des Railers et arborant de belles boucles. *Ces foutues boucles dorées.* Elles m'avaient toujours anormalement attiré. Tout comme sa bouche. Et la façon dont il inclinait sa tête quand il essayait de me comprendre, hors du lit. Au lit ? Il n'y avait aucune barrière de la langue. Nos corps avaient toujours été toujours été en phase comme des ondes radio le sont avec des antennes.

Même maintenant, je sentais le doux fredonnement de sa présence dans mes veines. J'avais craint que ce moment n'arrive. Depuis la première fois où j'avais entendu son nom mentionné comme nouvel équipier des Rush, l'équipe de la LAH qui nous fournissait nos joueurs, j'avais su qu'il finirait par se tenir juste devant moi, inclinant la tête, avec ses boucles, ses yeux et sa bouche.

Connor me regardait comme s'il attendait quelque chose de moi. Ah, oui, des mots. Il voulait que je dise quelque chose. Comme pouvait-on traduire « va te faire cuire un œuf » en anglais ?

— Nous nous connaissons.

Je patinai jusqu'à mon filet, mon masque perché sur ma tête, et je tentai de mon concentrer. La vibration dans mon sang était perturbante. Fermant les yeux, je laissai la glace bleue sous mes pieds me parler. M'ouvrant aux bruits du hockey, le stress de revoir Erik diminua. Je chuchotai aux tiges en acier en les tapotant. Je leur demandai en russe si elles allaient être mes meilleures amies pendant cet entraînement.

— Euh, hé, je sais que c'est une violation de vie privée et tout… mais est-ce qu'il y a un problème entre Gunner et toi ?

Je jetai un coup d'œil sur la gauche. Tennant était là, équipé, sa crosse posée nonchalamment sur ses épaules. Alors Erik avait maintenant son surnom américain dans le hockey. Pourquoi moi, je n'avais pas de surnom américain dans le hockey ? Bah. Je me montrais mesquin. Cela me laissait un goût amer sur la langue.

— Gunner est personne gentil d'il y a longtemps dans l'espace.

Est-ce que cela signifiait quelque chose ? L'anglais était difficile à parler. Ça n'avait aucun sens. Comment pouvait-il y avoir trois façons d'épeler un mot ? Le russe était simple. Fort. Pur. Une langue pleine de passion et d'esprit.

L'anglais américain était couinant et me donnait des nœuds dans le cerveau. Non, c'était faux. L'anglais américain était une langue magnifique. C'était moi, qui était couinant et malheureux.

— Longtemps. Il y a longtemps. Pas bon moment pour parler. Va-t'en.

J'agitai ma crosse dans sa direction.

— D'accord, ouais, pardon. Je ne voulais pas briser ta magie, mon grand.

Mon meilleur ami glissa sur ses patins, avec un air de chien battu. Lorsqu'il repartit vers les autres, il haussa les épaules avant de parler. De moi. Je savais qu'ils parlaient de moi. J'étais stupide et je troublais mes amis. Vraiment, ils ne pouvaient pas être plus embrouillés que je l'étais. D'un côté, je détestais qu'Erik m'ait utilisé, mais je l'avais également utilisé. Un peu. Plus qu'un peu. L'été dernier, à Helsinki, ne devait être qu'une histoire de sexe, qu'une façon d'étancher notre besoin. Nous avions été les seuls deux hommes homosexuels parmi quarante autres environ. Et il avait été si beau, me souriait si joliment quand je lui faisais de petits clins d'œil en secret. Pff. Mes tiges en acier ne me parlaient pas. Elles étaient fâchées que je les ignore.

— J'en ai fini avec lui dans ma tête, maintenant. Il y a que vous.

Je passai ma main gantée sur l'acier glacé.

Lorsque je me retournai pour faire face à la patinoire, chaque équipier des Railers me regardait fixement. Néanmoins, le seul regard qui brûlait mon âme était celui d'Erik.

— Je suis réconcilié avec cage. On peut jouer.

Je tendis la main et baissai mon masque devant mon visage.

— Qu'il en soit ainsi…, répondit Adler Lockhart.

Beaucoup se mirent à rire. Je ne savais pas ce que cela signifiait. Il y avait tellement de mots prononcés autour de moi que je ne comprenais pas. Je me sentais toujours comme l'étranger que j'étais. Parfois, j'avais juste envie de rentrer à la maison, de retrouver ma mère, mais ce ne serait pas raisonnable. La Russie n'était pas un endroit sûr pour les gays. Mama le savait et ne me demandait jamais de lui rendre visite à la maison. Ma petite sœur et elle étaient les seules à le savoir. Et Erik, bien sûr. Garder le secret m'avait permis de rester en sécurité, peut-être même en vie, jusqu'à ce que je puisse quitter la Mère Patrie.

— Stan, tu te sens bien ?

Mon regard se dirigea vers Alain Gagnon, l'entraîneur des gardiens de but, qui avait glissé à ma gauche sans que je le voie. Mauvais. C'était tellement mauvais. Ma concentration avait disparu aujourd'hui. J'en voulais à Erik et ses boucles.

— Oui, bien. Je suis en forme.

Je souris et tapai mes épaulières

— Lancez un palet !

Les autres me regardèrent fixement comme des idiots. Je me tournai vers Alain. Ce n'était pas un bel homme, mais il savait défendre un but. Il portait deux bagues de vainqueur de hockey serties de diamants. Combien en portais-je ? Aucune. C'était parce que j'avais laissé des choses comme les boucles rebondissantes d'Erik énerver les tiges en acier de mon but.

— Tu sais que si tu as besoin de me parler de quoi que ce soit, je suis juste au bout du couloir des vestiaires.

— Oui, je sais. Je vais bien. Je suis fort dans ma tête.

Il acquiesça. J'en fis de même.

— Jetez-moi des palets ! hurlai-je.

L'équipe se précipita pour obéir. Les Russes en colère semblaient les intimider pour une quelconque raison. Bloquer le but serait une bonne chose pour moi. Alain partit en glissant sur ses patins après m'avoir lancé un regard étrange.

Le premier coup vint de Tennant. Il me heurta pile au milieu de mon maillot noir d'entraînement, sur la coque qui protégeait mon torse. Je pris une grande inspiration par le nez, soufflai, et laissai le palet retomber par terre. Il fut balayé. Un autre tir me parvint de la gauche, un autre assez doux. Des tirs d'échauffement. Chaque homme m'en lança plusieurs, même Erik. Son tir s'était amélioré depuis la dernière fois que nous avions été sur la glace ensemble. Je levai le gant et attrapai le tir foudroyant.

Puis, cela recommença, encore et encore, les tirs devenant plus rapides, plus violents, plus cadrés. La sueur perlait dans ma nuque, m'arrivant dans les yeux, coulant le long de mon dos. C'était de la bonne transpiration, celle qui purifie. La transpiration qui signifiait qu'on travaillait dur. C'était la sueur que connaissait n'importe quel pauvre enfant russe.

Maintenant que j'étais concentré, les tiges en acier me semblaient plus chaleureuses. Heureuses de m'avoir près d'elles. Elles stoppèrent deux lancers mal cadrés et chantèrent avec allégresse. Comme elle était gentille, cette cage. Elle était vraiment la meilleure amie d'un gardien de but.

Le Coach Benning vint nous parler une fois que la mêlée fut terminée. J'étais assis seul, dos aux autres hommes, espérant que je pourrais me déshabiller et me doucher sans revoir Erik. La situation ici, dans les vestiaires, était désagréable.

— Demain soir, nous recevons l'équipe de Boston. Je veux que vous patins soient prêts et que vous soyez concentrés. Nous sommes à égalité avec deux autres équipes pour la première place, dans notre division. Chaque match compte. Chaque point est important. La lutte pour donner le droit à la Pennsylvanie de se vanter est lancée.

Tout le monde marmonna son approbation. Philadelphie, Pittsburgh et Harrisburg étaient tous à égalité au top de la Division Est. Avec un tiers de la saison derrière nous, il était maintenant temps de nous assurer de ne pas faire de faux pas.

— L'entraînement de demain est optionnel. Je veux tous que vous soyez reposés et prêts mentalement. Boston ne va pas se laisser faire. C'est une grande équipe, avec des durs à cuire, des mecs qui ont la dalle. Ils veulent rester tout en haut du classement de la Division Atlantique tout autant que nous voulons rester au top de la Division Est. Alors rentrez chez vous, dormez, mangez, méditez, faites tout ce que vous voulez pour vous concentrer sur ce que nous devons faire.

Le Coach Benning s'en alla alors. Le vestiaire devint bruyant. Les hommes rirent et parlèrent. Quelqu'un alluma la musique. Dieter cria quelque chose à Adler sur les bandeaux pour les cheveux. Des chaussettes sales volèrent au-dessus de nos têtes. J'y prêtai peu attention. Je devais me doucher, partir, et rentrer avec Lucy. Peut-être que je regarderai la télé et planifierai davantage ma soirée du Nouvel An. Ma sœur allait venir. Elle n'avait jamais vu mon chez moi à Harrisburg. Elle était très enthousiaste à l'idée de venir enfin en Amérique. Ma mère avait également été invitée, mais sa peur de prendre l'avion la coinçait à Leskovo, ce petit village fermier agonisant dans lequel j'avais grandi. J'avais l'impression de l'inviter toutes les semaines, mais elle refusait toujours.

Si seulement je pouvais retourner à la maison et m'asseoir à ses côtés dans l'avion, tenir sa main… mais elle ne me laisserait pas faire. Elle craignait que mon secret soit découvert, autant qu'elle craignait de monter dans un avion.

— Hé, on rentre tous pour faire un peu d'entraînement Pokémon. Tu veux venir ?

Tennant s'assit à côté de moi. Il venait juste de sortir des douches et avait une serviette autour de sa taille fine. L'eau coulait de ses cheveux et sur son nez.

— Non, merci. Je dois prévoir à manger pour fête.

Mon ami donna une claque sur mon épaule transpirante.

– D'ACCORD, c'est cool. J'espère que tu auras ces genres de pancakes au fromage, comme ceux que tu avais l'année dernière. Ils étaient incroyables !

— *Syrniki*. Oui. J'ai demandé au traiteur.

— Tu déchires.

Tennant me fit un *check* du poing, puis bondit sur ses pieds nus et partit d'un pas tranquille parler à Arvy et Dieter.

Je parcourus la pièce du regard et posai les yeux sur Erik. Il se déshabillait dos à nous, montrant ses fesses, à moi et au reste du monde. Elles étaient aussi fermes et hautes que dans mon souvenir. J'avais beau essayer, je ne pouvais détourner le regard de son dos. Alors que mes patins, retenus par les lacets, se balançaient sur ma main, la marée de souvenirs de notre été me submergea, m'attirant dans la mer salée et mousseuse d'une passion remémorée.

Erik, allongé sur le lit dans ma chambre minuscule du centre d'entraînement, une main saisissant fermement la tête de lit et l'autre sur sa bouche pour étouffer ses cris de plaisir. J'étais entre ses jambes écartées, avec son beau membre dans la bouche, travaillant son anus serré avec trois doigts. Son corps glissait à cause de la transpiration, tandis que la climatisation dans ma chambre était faible. Assis dans les vestiaires de Harrisburg, je pouvais toujours sentir son parfum. Cet arôme piquant d'homme virile, de transpiration, de coït, et de savon concombre-melon emplissait mes narines, même maintenant. Je pouvais entendre la tête de lit craquer alors qu'il tirait violemment dessus à chaque fois que mes doigts caressaient sa prostate. Et si je fermais les yeux, je pouvais le goûter. Sa saveur musquée et virile sur ma langue quand il jouissait, recouvrant ma gorge. Il s'agitait follement, faisant de profonds va-et-vient, me donnant des hauts-le-cœur et me faisant grogner. Je me prenais alors en main, avec le reste épais de sa jouissance sur ma langue, et me caressais brusquement et rapidement jusqu'à ce que ma paume soit glissante à cause de ma semence.

Je léchai mes lèvres d'un air rêveur et les trouvai sèches, sans le goût érotique d'Erik Gunnarson auquel j'étais devenu si accro l'été dernier. Maintenant, je me sentais usé et courbaturé, comme si cette vague de désir chaud m'avait ramené sur la côte rocheuse de la réalité.

Lorsque j'ouvris les yeux, le regard d'Erik croisa le mien. Je gigotai, mal à l'aise, mon érection malheureuse à cause des deux protections qui appuyaient contre elle.

Les yeux d'Erik étaient d'une teinte verte époustouflante et le courant sous-jacent d'émotions et d'envie commença à nouveau à tirer sur moi. Juste un coup de langue, peut-être… comme au bon vieux temps, comme on dit. Une purge chaude et brusque pour se débarrasser de la tendresse restante. Dans la pièce où l'on affutait les patins, peut-être. Contre le mur… Argh ! Cette situation était… était…

— *Pizdets*, marmonnai-je.

Mon regard passa d'Erik à la fontaine à eau.

— Qu'est-ce qui est merdique ? demanda Toly en me parlant par-dessus son épaule tout en se dirigeant vers les douches.

— Qu'est-ce qui ne l'est pas ? grognai-je.

Je jetai mes patins dans mon casier. Je ne parlai à personne d'autre en me déshabillant et en me douchant. Mes amis tentèrent de me parler pendant que je m'habillais, mais je restai renfermé sur moi-même. J'avais hâte de mettre de la distance entre Erik et ma colère.

— Stan, où vas-tu ? cria Toly dans mon dos quand je partis des vestiaires.

J'avais enfilé mon manteau d'hiver, avec ses grands revers que je relevais sur mes oreilles pour les protéger du vent et du froid.

— Stanislav, tu es venu en voiture avec moi !

Je franchis la porte comme un bœuf, ignorant Pete, le gentil vigile qui tenait la garde à côté de l'entrée des joueurs. Pete me cria quelque chose quand la porte se referma, mais je ne répondis pas. Maintenant, je me sentais mal. Ce n'était pas moi. J'étais toujours sympa avec les gens, parce que je les appréciais en majorité.

Je sortis du bâtiment par la porte arrière, m'éloignai des voitures des joueurs, et me dirigeai vers la rue. Les fans ne savaient pas que je le faisais, sinon ils auraient pu m'attendre. Un jour, ils le découvriraient, mais pas aujourd'hui.

Puis je me blottis avec d'autres personnes, attendant le bus. Aucun fan n'irait imaginer que le gardien de but des Railers prendrait le bus et ça ne me dérangeait pas pour l'instant.

Aucune des personnes recroquevillées ici ne parlait à qui que ce soit. D'habitude, les gens souriaient ou acquiesçaient en me voyant, puisque je jurais un peu avec le décor. Aujourd'hui, ils levèrent les yeux et détournèrent le regard. Mon visage furieux devait les effrayer. Je ne vis personne sortir son téléphone et prendre des photos. Les gens semblaient respecter ma vie privée ici.

De gros flocons plats voletaient autour de l'abribus, ajoutant de petits centimètres blancs à la neige déjà bien accumulée par terre.

Le froid ne me dérangeait pas trop. Mais lorsque le bus se gara, j'admis que j'étais ravi de le voir. L'air chaud sortit de la porte ouverte. Je laissai une vieille femme entrer avant moi, puis je grimpai dans le bus, m'asseyant près de la vitre.

Il me faudrait plusieurs bus et quelques changements pour arriver chez moi, mais ce n'était rien. Je pouvais m'accorder un moment pour m'éclaircir les idées. Un homme derrière moi toussa grassement. Avec un peu de chance, je n'attraperais pas la grippe qui traînait. Me blottissant dans mon manteau, je sortis mon téléphone et trouvai l'application pour écouter de la musique que Tennant m'avait montrée. Puisque je ne lisais que très peu l'anglais, tout en Amérique était un problème pour moi. Conduire, par exemple. Je n'avais pas encore de permis en Pennsylvanie, mais j'étudiais ardemment le code de la route. L'état en avait sorti un en russe, et le test était disponible en plusieurs langues, dont le russe. Anatoly m'avait aidé à trouver toutes les informations sur un site russe que l'État avait créé. Voilà le genre de personnes qui gouvernait la Pennsylvanie. Je savais que beaucoup disait qu'on ne devrait pas obtenir ces avantages si on ne parlait pas anglais, mais en réalité, c'était une langue difficile et nous faisions beaucoup d'efforts.

Je sentais que je serais prêt à passer le permis de conduire au printemps. Cela me rendrait encore plus américain. C'était mon but. De devenir un citoyen américain et de ramener ma mère et ma sœur ici pour qu'elles vivent avec moi. Il n'y avait pas grand-chose en Russie pour un homme comme moi. Mais ici, en Amérique, il y avait des routes de briques jaunes. Non. Si, c'était ça ? Des briques dorées, peut-être.

Je sortis mon téléphone et regardai ce qu'étaient les briques jaunes. Elles n'étaient pas aux États-Unis, mais à Oz. J'aimais ce film. J'aimais tellement de choses à propos de ce pays, à part la langue difficile. La nourriture était bonne, les films pleins d'action et de sexe, et la musique était purement américaine.

Le bus continua de rouler, s'arrêtant pour laisser monter et descendre des gens. Je trouvai mes écouteurs et les mis dans mes oreilles, ravi de dodeliner de la tête en rythme jusqu'à ce que je doive prendre un autre bus pour le trajet final jusqu'à Hershey. Mes playlists étaient longues et avaient des noms étranges. Tennant m'avait dit de leur donner des noms amusants, comme il le faisait avec nos groupes de discussion sur l'ordinateur. J'avais peut-être du mal à les lire, mais les images et les GIF étaient drôles.

La playlist que je jouais en ce moment était ma préférée. Je l'avais nommé « Roi de Las Vegas et du Monde », parce que c'était ainsi que je voyais Elvis. Je l'aimais tellement. L'entendre chanter me rendait heureux, et j'avais besoin d'être heureux, là. La joie prendrait toujours le pas sur le malheur. Alors j'écoutais Elvis chanter, m'appliquant à mémoriser les paroles puisqu'il parlait un bon anglais. C'était de l'anglais vraiment branché et cool, aussi. Ses films étaient branchés et cool, juste comme lui.

Il me fallut une heure pour rejoindre mon quartier depuis la patinoire. Le trajet avec Anatoly prenait généralement moitié moins de temps, mais j'avais eu besoin d'être seul. Quand je marchais dans les rues bien entretenues, j'étais en paix avec moi-même. Ma maison m'attendait, coincée entre deux grands arbres. Le revêtement était gris, les volets noirs. C'était une grande maison. Cinq chambres et trois salles de bain. Il y avait beaucoup de place pour que ma sœur et ma mère s'installent. J'étais peut-être devenu fou en la choisissant, puisque j'étais célibataire, mais peut-être… qu'un jour… j'aurais un mari et suffisamment d'enfants pour remplir toutes ces chambres. C'était également mon rêve. La citoyenneté américaine, la coupe Stanley, être un mari aimé et un père, ainsi qu'avoir ma mère et ma sœur pour profiter de mon succès et gâter mes enfants.

Quand j'entrai dans l'immense maison, il n'y eut ni

mari ni enfant pour m'accueillir. Je tapai mes chaussures pour enlever la neige, jetai mes clés et mon téléphone sur la console dans l'entrée, puis appelai mon chat.

— Lucy, je suis rentré, criai-je.

Mon petit chaton courut dans les escaliers, miaulant vivement. J'attrapai le chat marron à poils longs, puis la passai sur mon épaule. Elle ronronna et commença à tirer des fils de ma veste de costume en tâtonnant.

— Méchant chat. Allons manger et regarder *Viva Las Vegas* encore une fois.

Elvis et Ann-Margaret. Oui. Ils seraient bien moins perturbants que l'idée de penser à Erik et à son corps solide qui collait parfaitement au mien.

TROIS

Erik

_____

Lorsqu'un coach vous dit que l'entraînement est optionnel, cela ne s'applique pas de façon équivalente à tous les membres de l'équipe. Arvy était là pour travailler sur ses passes de précision et il y avait moi, ainsi que Toly, puis le dernier homme sur notre ligne, Martin « Charlie » Brown. Nous allions travailler ensemble ce soir, contre Boston, et aujourd'hui nous devions apprendre à nous connaître. Nous nous étions entraînés la veille, mais il s'agissait plus cette fois-ci de patiner dans une ligne unie et de se passer le palet.

Je n'avais jamais joué avec Toly, auparavant, et pour être honnête, je ne me remettais toujours pas du fait que j'aller jouer sur la même ligne que lui.

D'un autre côté, Charlie avait assisté à beaucoup de stages d'entraînements intensifs et était allé dans des écoles de préparation, comme je l'avais fait pendant les pauses estivales, y compris la fois désastreuse où Stan et moi nous étions rapprochés.

Faites que Charlie ne parle pas de l'été dernier.

Nous patinâmes dans des mouvements habiles et fluides, synchronisant notre ligne. Toly était plus lent, mais sa précision était parfaite. Charlie était comme un foutu lévrier. Et moi ? Je réussissais à trouver un rythme qui était entre les deux. Je devais étudier ma ligne, apprendre à connaître Charlie et Toly, leur allure, la façon dont ils inversaient les directions, leur rapidité, et la vitesse de leurs passes. J'avais enregistré certains de leurs matchs pour les regarder plus tard.

— Je veux que tu aies une longueur d'avance, Charlie, dit le coach Benning quand nous nous rassemblâmes autour de lui. Toly, tu prends l'arrière.

Il tapota le tableau qui arborait un assortiment de X et de O.

— Utilise ta vitesse, Charlie, pour te mettre en position. Gunner, il faut que tu sois là, pour marquer leur défenseur qui s'occupera de Charlie, et mettre ce palet sur la ligne centrale.

J'écoutai chacun de ses mots, je pris même la parole quand il demanda si nous avions des questions, puis Charlie et Toly s'en allèrent, ce qui me laissa seul sur la glace. Il n'y avait eu aucun signe de Stan, aujourd'hui. Pourquoi serait-ce le cas ? Il était un gardien titulaire, il restait probablement chez lui pour faire des étirements incroyablement impressionnants qui me donnaient l'eau à la bouche à chaque fois que je le voyais faire.

Si vous n'aviez pas fait l'amour à ce gardien très souple, alors vous n'aviez pas vécu.

Une deuxième personne me rejoignit en décrivant de lents cercles sur la glace. Arvid « Arvy » Ulfsson n'était pas seulement un compatriote suédois, mais il ne vivait qu'à quelques kilomètres d'Ornskoldsvik, la ville où j'avais grandi. Tout le monde, dans les environs d'O-vik jouait au hockey, c'était comme la ville du hockey en Suède. Il connaissait les beaux étés et les hivers froids et sombres sur les lacs gelés, tout comme moi.

— *Det var länge sedan vi sågs sist*, dit-il.

Nous exécutions des huit fluides, nous croisant au centre de la patinoire. *Ça fait longtemps qu'on ne s'est pas vu.*

Nous avions environ le même âge, mais il avait été sélectionné et jouait dans la LNH depuis sa deuxième année d'université. Ce défenseur d'un mètre quatre-vingt-deux était un de ces mecs éternellement heureux, celui qui sur le banc, gardait le moral, même si l'équipe perdait avec un score si lourd que tous les autres avaient envie d'aller se cacher dans le vestiaire. Je l'aimais bien et, bon sang, il parlait suédois. Bien sûr, nous parlions tous les deux un anglais excellent, c'était un prérequis dans les écoles suédoises, tout comme l'amour du hockey, visiblement. Mais parfois, on avait juste envie de parler notre langue natale et de savoir que nous étions les deux seuls à la comprendre.

— Comment vas-tu ? demandai-je.

Les voyelles et les syllabes du suédois me détendirent. J'avais besoin de ça après avoir passé la première partie de l'entraînement à attendre que Charlie me pose des questions sur *cet été* et d'autres plus pièges comme : *Stan et toi, vous n'étiez pas devenus super proches ?*

— Ça va.

Arvy se mit à patiner en arrière, me faisant de l'ombre, feintant à gauche puis à droite, se retournant avant de s'arrêter, puis patinant à toute vitesse loin de moi. C'était son rôle : il défendait, il suivait les attaquants adverses quoi qu'ils fassent. Je ne laissai rien paraître, mais essayai quelques mouvements et réussis à le semer une fois. À la fin de notre entraînement, nous riions, nous appuyant contre les barrières pour discuter de la maison, de nos familles, des gens que nous connaissions.

Évidemment, il connaissait Freja, savait que nous étions mariés et que nous avions un bébé. Les joueurs suédois avaient tout un réseau de potins, donc je savais que cela avait dû lui parvenir aux oreilles.

— J'ai appris pour Freja et toi, désolé, déclara-t-il. Ça a dû être difficile.

Il leva sa gourde et but une grande gorgée.

— Ça va, le rassurai-je. C'était un accord mutuel.

Arvy acquiesça.

— Et j'ai entendu dire que tu avais un bébé ? Un tout petit ?

— Noah. Il a presque neuf mois, maintenant. Il vit avec moi.

Je lui lançai le regard, le même qu'à tout le monde, le mettant au défi de me demander pourquoi il n'était pas avec sa mère. Arvy n'essaya même pas de lancer cette discussion. Clairement, mon air d'avertissement fut suffisant.

Noah et moi étions heureux, tous les deux, plus heureux que si j'étais resté avec Freja uniquement parce que c'était ce qu'on attendait de moi. Nous avions notre nourrice, Amy, et tous les trois, quand nous nous affairions dans mon appartement vide, cela me semblait parfaitement normal.

— Je n'arrive pas à croire que tu sois père, dit Arvy en souriant. Que tu changes des couches, que tu fasses roter le petit, que tu te lèves la nuit…

— C'est pour ça que j'ai une nourrice.

Je le laissai penser que je ne faisais rien, mais en toute honnêteté, me lever en même temps que Noah à l'aube, le tenir, me retrouver dans un état de zénitude quand il se blottissait contre mon torse, était mon idée du paradis. Il avait les mêmes boucles que moi. Freja disait que c'était sa malédiction, mais elle cherchait toujours ce qui faisait ressembler Noah à moi plutôt qu'à elle, donc j'ignorais ce qu'elle disait. Noah avait également mes yeux verts, même si les siens avaient de petites tâches ambre. J'avais des photos sur mon téléphone, mais je n'étais pas prêt à les montrer à qui que ce soit.

Pas même un homme que je connaissais depuis la Suède.

Nous nous quittâmes en souriant, avec la promesse de nous revoir bientôt et cela marqua la fin de ma matinée.

La plupart des joueurs faisaient la sieste l'après-midi. J'en faisais une si Noah me laissait faire, ce qui fut le cas aujourd'hui. Blotti contre moi, ses bras tendus, il dormit comme un innocent. Je m'endormis lentement, donc j'ignorais honnêtement si la sieste serait bénéfique ou non. Pourtant, quand je me réveillai, je me sentis prêt à remonter sur la patinoire.

Après ma sieste, je restai allongé sur le canapé et serrai Noah un peu plus longtemps contre moi pendant qu'Amy partit faire les courses.

— J'ai retrouvé Stan, commençai-je à expliquer à Noah.

Il faisait sortir de petites bulles de sa bouche en buvant son lait. J'avais déjà parlé de Stan à Noah auparavant : comment nous nous étions rencontrés, comment j'étais tombé brutalement sous son charme, mais comment j'avais pourtant pris une décision qui serait la meilleure pour nous deux.

— Il est tellement grand, et s'il te prenait dans ses bras...

L'image de Stan tenant Noah dans ses bras me prit par surprise. Stan était un doux géant, lorsqu'il n'était pas ce dominateur froid ou colérique dans les buts. Noah lèverait les yeux vers lui, lui sourirait et...

Je devais arrêter.

— Bref, le jeu auquel papa joue, le hockey, Stan y joue aussi.

Je berçai Noah pour l'endormir après avoir joué avec lui pendant un moment. Il commençait à s'appuyer sur les meubles pour tituber et cela me fascinait. Tout me fascinait chez Noah, des boucles dorées sur sa tête à ses grands yeux verts, et la façon dont il semblait me sourire de tout son corps. Je saisis mon téléphone et pris quelques photos de Noah en mode selfie avant de me les envoyer par e-mail. Un jour, j'allais vraiment devoir en imprimer quelques-unes pour les afficher au mur. Pas les murs de cet endroit, mais ma vraie maison, quand j'y emménagerai enfin.

Je regrettai de ne pas avoir accepté l'offre des Railers de me fournir une maison temporaire, mais ils en parlaient comme si c'était un genre de garçonnière pour joueur débutant et bon sang, j'avais un bébé et une nourrice.

Néanmoins, dans ces moments-là, quand j'étais honnête avec moi-même, je me rendais compte que c'était à cause d'un besoin têtu de me prouver que je pouvais être un bon père, seul, que je me retrouvais maintenant dans ce vieux bâtiment qui sentait légèrement l'urine de chat et le chou bouilli.

Qu'on ne dise jamais que mes sens n'étaient pas développés.

— Je vais envoyer une photo à ta maman, chuchotai-je à un Noah endormi.

J'ouvris l'application, ajoutai la photo et la lui envoyai. Je ne m'attendais pas vraiment à une réponse, je ne m'y attendais jamais. Mais je savais qu'elle était actuellement à l'étranger. Elle partageait son agenda avec moi, en cas d'urgence.

Mais je ne savais pas ce que le terme d'urgence englobait. À mon avis, c'était au cas où Noah avait besoin d'une transfusion sanguine ou d'un don de moelle osseuse, puisque bon sang, ce serait la seule façon pour que sa mère l'approche. En faisant défiler les pages Google à son nom, je fus perturbé de constater qu'elle se mettait de plus en plus en danger à chaque mission. L'Afghanistan était son dernier gros titre : trois mois, en première ligne, juste devant la caméra, se recroquevillant au moment des explosions et aillant l'air magnifique à la fois.

La femme avec qui j'avais couché deux fois, avant de rencontrer Stan, était magnifique. De longs cheveux blonds, des yeux bleus, un beau sourire dont son fils avait hérité. Nous nous étions rencontrés à une remise de récompenses pour les héros locaux, présentant tous les deux des prix à de jeunes adultes qui avaient affronté le danger et gagné. Elle n'avait pas l'air aussi parfaite sur sa dernière photo, les cheveux tirés en arrière sous un casque, sa tenue se fondant presque avec les pierres effondrées derrière elle, mais elle semblait vivante et suffisamment en forme. Elle aimait être journaliste, elle ne voulait rien de plus que de se tenir en première ligne de ce qui était terrifiant ou dangereux. Elle voulait que le monde veille et remarque ses reportages.

J'avais été attiré par ce danger, la baisant dans les

toilettes à la remise de prix, puis contre le mur de sa chambre.

Deux fois. Et lors d'une de ces fois, Noah avait été conçu.

Mais Noah et moi ? Nous n'avions plus Freja. Personne ne l'avait. Elle appartenait à un autre monde que le nôtre.

— Elle t'aimera toujours, mentis-je à moitié.

En fait, je n'étais pas entièrement sûr de savoir ce qu'elle ressentait à propos de Noah. Je savais seulement que je l'avais payée pour qu'elle me laisse l'avoir, une chose qu'il ne saurait jamais.

Vous pouvez penser que c'était stupide, que c'était la conséquence des parents merdiques que j'avais eus, que c'était à cause de ma nature têtue, mais nous avions créé la vie et c'était important pour moi.

Une petite partie de moi en voulait en fait à Stan. J'avais couché avec Freja avant ce camp estival désastreux. J'ignorais que Freja était enceinte, je ne l'avais appris qu'*après* m'être envoyé en l'air avec Stan.

Ce dernier m'avait montré à quel point il était facile d'aimer quelqu'un, comme une connexion pouvait être créée, et soudain, ma vie plus ou moins creuse avait eu plus d'importance. Alors, quand Freja m'avait contacté et m'avait expliqué ce qu'il s'était passé, j'avais pris la décision.

Garde le bébé, s'il te plaît.

Elle en était déjà à douze semaines, elle ne s'en était pas rendu compte, elle pensait avoir la gastro ou quelque chose qu'elle avait attrapé pendant son séjour au Honduras.

Elle m'avait dit ne pas vouloir garder le bébé, qu'elle avait trop l'habitude d'être effrayée, qu'elle avait besoin de sa passion du journalisme, de passer de pays en pays, de vivre en décalage horaire, d'expliquer les désastres et la douleur au public.

Qui étais-je pour la contredire ? Je voulais… *j'avais besoin* du hockey. C'était ma vie.

Ou du moins, cela l'avait été.

Elle ne se rendait pas compte que les peurs profondes et l'amour inconditionnel pour un enfant représentaient suffisamment d'adrénaline pour aider les parents à vivre n'importe quelle journée.

Mon téléphone vibra. C'était elle.

Il a l'air en forme. Comment vas-tu ?

Je réfléchis soigneusement à ma réponse. Elle ne me demandait pas comme Noah allait. Mais pour moi « Erik seul » n'existait plus, nous étions maintenant « Erik et Noah », donc ma réponse fut un peu plus large.

On va bien. J'ai vu que tu étais partie en A.

Il y eut une pause et je l'imaginai dans une tente, au milieu de nulle part, puisque c'était là-dedans qu'elle passait la plus grande partie de sa vie.

L'A. était difficile. À la maison au Nouvel An.

Je n'avais qu'une chose à répondre à ça. Non, oubliez ça, j'en avais deux.

Fais attention à toi. Viens nous rendre visite si tu veux.

Et clairement, elle avait deux choses à me répondre.

Je fais attention. Je pense pas que je viendrais.

Je ne la détestais pas pour ça. Je me demandais si un jour, ce serait le cas de Noah. Si je devais faire un choix entre Noah et le hockey, entre Noah et les rêves glacés de gagner un championnat, je choisirais Noah à chaque fois.

À. Chaque. Fois.

Lorsqu'il fut l'heure pour moi de partir, Amy prit la

relève, me souhaita bon courage pour le match et me dit qu'elle se chargerait des meubles. Elle le disait tous les jours. Je devrais juste lui donner ma carte de crédit, mais pour être honnête, jusqu'à ce que les Railers me payent, j'étais sérieusement à sec. Je marmonnai quelque chose en retour, un vague grognement qui pouvait vouloir dire n'importe quoi, et elle secoua la tête avant de partir dans la cuisine.

Elle était habituée à mes humeurs, maintenant.

Chaque centime que j'avais, autre ceux que j'avais mis de côté pour vivre, avait été dépensé. J'avais un contrat de six cent mille dollars, mais rien qui le montrait à part un toit sur ma tête, assez d'argent pour payer Amy et ma voiture pourrie. Au moins, j'avais Noah avec moi, c'était ce qui comptait.

Le reste de mon argent ? Eh bien, disons qu'il avait fallu payer les avocats pour signer les papiers, pour divorcer de Freja et investir de l'argent dans sa carrière. J'avais fait signer des formulaires, j'avais vu des notaires. Elle avait renoncé à ses droits, Noah était à moi et dans moins de trois mois, nous aurions finalisé le divorce. L'argent consumait mes pensées, et je me demandai si je devrais me rapprocher du management pour obtenir un genre de prêt.

J'étais tellement perdu dans mes pensées sur la gestion de mon compte et sur le meilleur magasin où je pourrais acheter des meubles, que je ne le vis pas.

Ni le sentis avec mon sixième sens dément comme cela avait été le cas à Helsinki.

Pas jusqu'à ce que je fonce directement dans l'homme à qui je ne voulais pas parler, et que je ne voulais plus voir.

Stan me rattrapa et je titubai avant qu'il me serre contre lui pour me stabiliser.

— Stupide, dit Stan.

C'était moins un mot qu'un juron. Puis il me repoussa, sans méchanceté, mais avec une claire fermeté.

Nous nous retrouvâmes face à face ou du moins, mes yeux furent au niveau de son menton, et nous ne bougeâmes pas d'un pouce.

— J'ai envie de dire tellement de choses, commençai-je.

Pourquoi étais-je en train de faire ça ? Il n'était pas intéressé par ce que je voulais dire. À cause des regrets, du fait que je n'aurais jamais dû partir.

La dernière chose que nous nous étions dits, ou plutôt que j'avais dit pour nous deux, était que l'été était terminé et que nous irions de l'avant.

— J'écoute pas, stupide, répliqua Stan.

Il croisa les bras sur son torse large. Il baissa les yeux vers moi, avec un froncement de sourcils impardonnable et une tension émanant de chacun de ses pores. La façon dont il parlait, ses mots mignons qui manquaient de naturel, furent suffisants pour me faire penser à cet été, dans un élan de chaleur, de sexe et d'envie.

— Je veux dire quelque chose. N'importe quoi. Désolé, peut-être ?

Il me lança un regard méfiant.

— Désolé ? s'enquit-il après une petite pause.

— D'avoir pris des décisions pour nous deux, pour cet été, pour tout.

— Hmmm, dit-il.

Puis il décroisa les bras. Je vis qu'il avait un tatouage, quelque chose de jaune, mais je ne pus analyser. Il n'avait pas de tatouage auparavant et je le savais, puisque j'avais embrassé, léché et mordu chaque millimètre de son corps.

— Hmmm ? répétai-je pour l'encourager.

Apparemment, il était en train de formuler une réponse dans sa tête. Il avait probablement les bons mots en russe et les retransmettait dans un anglais cohérent.

— Un jour pour rencontrer femme et bébé, dit-il.

Puis il recula, comme si cette simple phrase avait épuisé toute son énergie. Bon sang, cela avait été plus facile à l'époque où il utilisait des pubs vues à la télé pour former ses phrases.

Attendez ? Ma femme ? Mon bébé ? Était-il en train de parler de Noah ? Était-il au courant pour Noah ? Bien sûr que oui, n'importe qui possédant un compte Instagram était au courant de mon mariage.

De quoi cela avait l'air ? Les photos de moi, épousant un Freja enceinte n'avaient dû lui faire penser qu'à une seule chose : que j'avais trompé ma future femme avec lui, alors que ce n'était pas vrai. Peut-être que c'était ce que je devais expliquer, qu'elle n'avait été qu'un coup d'un soir, que c'était ainsi que nous avions conçu Noah et que pour un homme comme moi, le mariage avait été la seule option.

Je clignai des yeux. Je sus que j'avais cligné des yeux. Je le regardai et ma bouche était probablement ouverte. Était-il en train de dire qu'il voulait rencontrer Noah ? Ou qu'il ne voulait pas le rencontrer ? Comment pouvais-je expliquer que je n'avais plus de femme, qu'elle m'avait quitté comme je l'avais quitté lui ? Comment pouvais-je expliquer qu'elle n'était ma femme que sur le papier, qu'elle était la mère de Noah, mais rien de plus.

— Bébé et femme, répéta-t-il.

— Pour toi ? demandai-je, vraiment confus.

— Équipe.

Il agita une main.

— Amène bébé, pour chance.

Oh. Il voulait parler de l'équipe. Pas de lui-même. Pas de Stan.

J'aurais dû m'y attendre. La tristesse s'entortilla en moi et je sus que je devrais expliquer, dire quelque chose. Quoi que ce soit.

— Je veux te dire la vérité…

— *Nyet. Ya vse znayu.* Je sais.

— Mais tu ne peux pas savoir, je suis presque divorcé et…

— *Nyet.*

— Quand j'étais avec toi, il n'y avait que toi. Je te le promets, Stan.

Il me regarda fixement, puis tendit la main vers ma tête et la passa dans mes cheveux, tirant doucement tandis que ses doigts s'entremêlaient dans les boucles.

— Comme or, murmura-t-il.

Je chancelai vers lui, bandant à moitié à cause de sa voix profonde et grondante. Puis il libéra sa main, jura à voix haute et passa à côté de moi dans le couloir.

La tristesse et l'inquiétude s'installèrent en moi pour la soirée, alors même que le coach commençait son discours de début de match.

— Dix, garde les yeux sur ton frère. Je veux savoir si tu vois quelque chose, d'accord ?

Je savais que le frère de Ten était le capitaine de l'équipe de Boston. Cela avait toujours aidé d'avoir quelques connaissances de l'intérieur, mais ils devaient se dire la même chose de l'autre côté : ils devaient garder un œil sur notre joueur star.

— Je suis dessus, Coach, confirma Ten.

Il fit un *check* du poing à Arvy.

Stan resta silencieux dans un coin et je me souvins qu'il avait fait ça à Helsinki. Il était souvent assis en silence, les yeux fermés, fredonnant doucement. Les souvenirs m'inondèrent à nouveau et je ressentis cette tristesse familière, teintée de regrets.

Peut-être que je devrais amener Noah un jour. Peut-être que si Stan nous voyait ensemble, qu'il voyait l'amour inconditionnel que j'étais capable de donner... Alors peut-être que Stan pouvait m'apprécier à nouveau et je lui expliquerais que j'avais fait ma valise pour le retrouver, le soir qui avait changé ma vie pour toujours.

C'était tout ce que je voulais.

Le match fut difficile. On ne peut pas jouer contre une équipe d'élite comme Boston et ne pas avoir des courbatures dans chaque muscle ensuite. Nous ne faisions que débuter la troisième période, nous avions un but de retard, et Ten patinait comme s'il était en feu. Il était partout et nulle part à la fois, la défense de Boston le perdait souvent de vue. Il avait déjà cadré huit buts et le palet allait finir par rentrer au moins une fois. C'était certain.

Stan était un mur pour nous. Il n'avait laissé passer que deux buts, et l'un d'entre eux était limite puisqu'il y avait peut-être eu faute sur le gardien. Arvy fit clairement savoir au défenseur de Boston qu'il était mécontent en lui mettant un crochet du gauche. Nous anéantissions certainement leur supériorité numérique, mais seulement parce que Stan était concentré pour bloquer le palet.

Il ne restait que cinq minutes dans le match et l'un des défenseurs de Boston reçut une pénalité pour avoir accrocher un autre joueur. Soudain, nous nous retrouvions en supériorité numérique. Curieusement, en un clignement d'œil et avec la magie qui régnait silencieusement sur le banc, Ten se retrouva dans le but et cette fois-ci, le palet passa juste à côté de leur gardien, validant ainsi le but.

Tout le monde félicita Ten criant et lorsqu'il passa à côté du banc, il toucha nos gants en arborant un grand sourire.

Mais je ne regardais pas Ten. J'observais derrière lui, la façon dont Stan était appuyé sur les tiges en acier de son but et son sourire que je pouvais distinguer d'ici.

J'avais peut-être décidé que notre relation était terminée, mais clairement, mon cerveau n'en avait pas informé ma libido ou, encore plus important, mon cœur.

QUATRE

Stan

— *Ya lyublyu tebya.*

Des mots d'affection et d'adoration. *Je vous aime.* Et c'était le cas. Et elles m'aimaient. Ce soir, les tiges de ma cage avaient été mes amies et mes amantes, arrêtant trois tirs de l'équipe de Boston. Je caressai le métal froid tandis que les fans des Railers chantaient et tapaient des pieds.

— *Lyubite menya nemnogo dol'she,* ajoutai-je.

Je leur demandai de m'aimer juste un peu plus longtemps. Je tournai le dos à mon filet et jetai un coup d'œil à l'horloge. Il ne restait que deux minutes. Quelque chose tira sur mon esprit, me poussant à regarder le banc des Railers. En direction d'Erik.

La colère bouillonna dans mon torse. La douleur également. Tellement de douleur, encore fraîche, comme s'il m'avait abandonné hier. La peine dans ma poitrine me donnait l'impression que mon cœur brûlait, ou que j'avais bu trop de vodka et que j'allais vomir. Ce fut ce que ressentis en regardant mon ex-amant, ce feu brûlant se précipitant dans ma gorge. Pourquoi avais-je été si stupide au point de tomber amoureux de lui si rapidement ? Pourquoi avais-je donné mon cœur si facilement ? Le désir m'avait conduit à l'attirer dans mon lit. Et il avait été impatient de venir. *Tellement* impatient. Et plein de bonne volonté. Il m'avait tenu dans ses bras comme s'il avait tenu à moi. Il m'avait chuchoté des mots tendres. Mon suédois n'était pas bon, son russe encore pire, mais les émotions et les sentiments avaient parlé pour nous. Néanmoins, j'avais pensé qu'il resterait avec moi, en quelque sorte, quand le camp s'achèverait. Bien que, en toute honnêteté, cela me semblait stupide maintenant d'avoir eu des rêves si romantiques. Un Russe gay n'exhibait pas son homosexualité en emménageant avec un beau et blond Suédois. Ça ne se faisait pas, tout simplement, surtout dans le pays où j'avais grandi. Oui, dans les villes, certains jeunes gens acceptaient ça, mais ils n'étaient pas assez nombreux. Ils étaient loin de l'être… Au fond de moi, je pense que je le savais, mais j'en rêvais quand même. Je rêvais de lui, d'une vie avec lui, d'enfants, d'amour. Ici, en Amérique, ce rêve pouvait être réel. Des hommes pouvaient se marier dans ce beau pays. Ils pouvaient même adopter des enfants ! Même maintenant, le fantasme voulait se poser sur mes épaules, mais je le repoussai comme une étreinte non désirée. Je le détestais. Oui. Et cela resterait ainsi. Cela devait rester ainsi si je voulais protéger mon cœur.

J'étais tellement perdu dans les drames du passé que le tir de Brady Rowe, heurtant mon épaule, me surprit. Je levai mon bras au-dessus de ma tête, dégageant le palet. Le frère de Tennant était comme un loup à la recherche de l'odeur de sa proie. Il était grand, féroce et déterminé. L'aîné des Rowe glissa sur mon territoire, sa crosse heurtant mes patins. Cela me rendit fou. Il était dans ma zone et moi, j'étais en colère contre Erik pour m'avoir fait sentir bête et non-professionnel pendant un match.

— Casse-toi, crétin ! crachai-je au visage de Brady.

Puis je le poussai. Brusquement. Il tomba sur les fesses et je repoussai le palet de mes filets. Bien sûr, les Railers qui patinaient venaient dans mon filet, tout comme d'autres joueurs de Boston. Il arrivait qu'on se pousse et qu'on se cogne.

Le sifflet retentit. Des joueurs tombèrent sur Brady. L'horloge s'arrêta tandis que des hommes glissaient sur la glace, essayant d'enlever leurs maillots et leurs casques, pendant qu'une page de publicités commençait à la télévision. J'attrapai ma gourde et passai à côté des joueurs entassés. Voyant Brady bloqué par le corps robuste d'Adler Lockhart, j'en profitai et lui verser de l'eau sur le visage.

Il cracha et jura. Je patinai jusqu'à mon banc, avec un large sourire, sachant que j'allais probablement avoir une amende, mais que cela aurait valu la peine. Je pouvais me le permettre. Mon contrat m'offrait près de deux millions de dollars par an. Que représentaient quelques milliers perdus avec une amende ?

— Tu te prends pour Aquaman !? cria Tennant au milieu des éclats de rire.

Je souris à mon ami et laissai les joueurs ébouriffer mes cheveux mouillés.

— J'aurais aimé lui faire ça moi-même ! ajouta-t-il.

Un entraîneur prit ma vieille gourde et la remplit d'eau fraîche. On pouvait remplir la gourde mais pas la remplacer, puisque cette vieille bouteille me portait chance. Tout le monde vint me taper sur l'épaule, sauf

Erik. Son regard et le mien se croisèrent néanmoins. Il inclina la tête. J'en fis de même. Puis je patinai jusqu'à ma zone avec de l'eau fraîche et je la versai sur moi à plusieurs reprises pendant que les minutes de pénalité étaient assignées.

Nous finîmes sur quatre-vingt-dix secondes à quatre contre quatre. Brady Rowe avait reçu une sanction pour faute sur gardien et Adler Lockhart en avait eu une pour comportement brutal. Quatre contre quatre, ça me convenait. Il y avait plus de place sur la glace et je voyais que le jeu se développait bien plus vite. Il ne se passa pas grand-chose jusqu'aux vingt dernières secondes, lorsqu'un palet fut dévié par le patin de mon ex… ou peu importait ce qu'il était. Erik essayait de défendre le filet, je le savais. C'était ce que les coachs appelaient un « bordel de déviation » quand il s'agissait d'un palet trop rapide pour que je puisse l'arrêter. Le palet glissa sous la protection de ma jambe droite juste avant que je puisse la coller contre la glace. La lumière rouge étincela et l'équipe de Boston célébra juste devant mon visage.

— Je suis désolé, Stan. Je n'avais même pas vu son tir, dit Erik.

Je fermai les yeux et levai la tête, m'asseyant dans ma zone Je n'avais pas de réponse à lui fournir, donc je me levai simplement et lui tournai le dos. Mes tiges en acier et moi eûmes une longue discussion en russe. Erik avait quitté la glace quand je finis de m'expliquer avec ma cage, qui avait fait son maximum ce soir.

Cette défaite me picotait un peu, mais comme toujours avec le sport, il était crucial de ne pas s'attarder là-dessus. Les gardiens, en particulier, pouvaient avoir des blocages mentaux à cause d'un tir malchanceux, comme celui qui avait rebondit sur le patin d'Erik. Pendant les interviews suivant le match, on me demanda ce que je pensais du but contre son camp de Gunner.

— Pas faute de lui. Faute de moi. Grosse faute de moi.

Les journalistes acquiescèrent et passèrent au joueur suivant, se rassemblant autour d'Erik. Quand je le vis essayer de s'excuser auprès des fans de la ville pour ce but, je me sentis mal pour lui. Un peu.

Quand la presse s'en alla, nous nous douchâmes. Pas Erik et moi, non, ça n'arriverait plus. Je m'assurai qu'il fut sorti de la douche avant d'y aller. Lorsque je me séchai devant mon casier, plusieurs joueurs se rassemblèrent autour de moi.

— Salut, mon grand, dit Tennant.

Je lui lançai un regard qui le fit sourire maladroitement.

— Je suis ravi d'apprendre que tu es cool avec ce qu'il s'est passé.

Il fit un signe de tête vers la patinoire.

— C'est cool pour journalistes, répondis-je.

Je recommençai à organiser mon équipement, couche par couche.

Le gang des joueurs torse nu s'attarda près de moi. Je fis voler mes épaulettes dans mon casier, leva les yeux de mes protections couchées sur le côté et jetai un regard noir aux hommes rassemblés autour de moi.

— Stan, on sait qu'il y a des antécédents, entre Gunner et toi. Enfin, il faudrait être aveugle pour ne pas remarquer l'animosité, déclara maintenant Connor de sa meilleure voix de capitaine.

Je pouvais repousser Tennant, Adler, Arvy, Dieter et les autres, mais le capitaine ? Non. Lui, je l'écoutais, parce qu'il était notre leader. Je commençai à parler. Connor leva une main.

— Je n'ai pas besoin de savoir ce que c'est, mais peu importe de quoi il s'agit, ça doit être réglé. La tension s'immisce jusque dans le vestiaire et affecte toute l'équipe.

— Moi comprends bien, répondis-je.

Connor haussa un sourcil.

— Oui. Moi comprends bien.

Les mots se mélangeaient dans ma tête. Tellement de pensées et de sentiments tourbillonnaient. Utiliser la bonne langue était difficile.

— Je suis plus en colère contre Erik.

— Je ne te demande pas d'aller l'embrasser sur la bouche ni rien, rétorqua Connor.

Un souvenir enfoui apparut soudainement dans mon esprit. Quand j'avais fait exactement ce qu'il venait de dire, capturant la bouche d'Erik lorsque nous avions reculé en titubant dans ma chambre d'hôtel, ses mains tirant sur ma chemise, mes doigts plongeant dans ses boucles dorées. Mon corps réagit avec un élan d'envie qui se précipita vers mon entrejambe.

— Mais essayez simplement de ne pas montrer ouvertement que vous avez des problèmes, tous les deux.

— C'est vrai, ajouta Adler. On a tous des problèmes avec certains joueurs, non ? Mais pour que cette équipe n'ait pas un *train* de retard pour les play-offs, on ne peut pas laisser nos mésententes nous faire *dérailler*.

Il me sourit.

— Tu vois ce que je viens de faire ? J'ai pris l'image du train, parce qu'on est les Railers et… ouais. D'accord, je vais aller me doucher maintenant.

— Il n'a pas tort, Stan, intervint Tennant.

Connor continua de m'étudier comme si j'étais une mouche clouée à un tableau.

— L'harmonie est importante. Peut-être que tu pourrais juste lui serrer la main ou un truc dans le genre ?

— Moi faire un truc dans le genre demain matin.

— Peut-être que tu devrais le faire maintenant.

Je jetai un regard à noir à Connor Hurleigh. Je n'aimais pas son discours de capitaine. Alors je me levai et continuai de le fusiller du regard.

— Rien de tel que le présent, ajouta-t-il quand j'essayai de le faire plier.

D'habitude, ma taille intimidait presque tout le monde, mais pas notre capitaine. Il croisa les bras sur son torse nu et releva le menton.

— C'est bon, moi aller serrer la main maintenant.

Je poussai les deux hommes qui me bloquaient le passage, envoyant presque Tennant sur les fesses, et j'avançai vers Erik. Je lui donnai une claque dans le dos. Il grogna et se retourna pour voir qui venait de le frapper. Je tendis la main. Ses beaux yeux verts se rivèrent sur mon visage avant de se diriger vers ma paume ouverte.

— Tout est cool.

— Ah, d'accord. Merci, Stan.

Il plaça sa main dans la mienne.

Les autres hommes dans la pièce, bon sang la pièce elle-même, sembla se faire absorber par l'univers. Il n'y avait qu'Erik et moi, peau contre peau, nos regards rivés l'un sur l'autre. Nos souvenirs me submergèrent involontairement, comme des cavaliers cosaques. La première fois que je l'avais vu. Nos tentatives maladroites pour communiquer quand mon anglais n'était pas aussi appliqué qu'il l'était maintenant. Son rire, son sourire, la façon dont il inclinait la tête, l'éclat du désir dans ses yeux émeraude, la sensation de son corps sous moi, ses muscles se serrant autour de moi quand il se cambrait pour prendre mon sexe plus profondément.

J'arrachai ma main de la sienne, mon sexe durci, mais heureusement bien caché derrière mes protections. Je me retournai et repartis vers mon casier.

— C'est bon, maintenant. Va sauter d'un immeuble dans un grand saut.

Tennant ricana et me donna une claque dans le dos. Connor me sourit. Puis ils me laissèrent seul. Je restai assis là, la tête baissée, attendant que mon érection se calme et qu'Erik parte. J'attendis qu'ils soient tous partis. Ce ne fut qu'à ce moment-là que j'essuyai toute ma sueur. Je m'habillai en silence, mes pensées et mon corps troublés à cause de tout ça. Pete, le mec de la sécurité, se tenait à la sortie des joueurs. C'était un bel homme. Son bras tatoué était impressionnant et bien viril.

— Désolé pour le coup de chance de l'autre équipe. Mais ça arrive, non ?

— Ouais, coups de chance, ça arrive. Je vais voir meufs, maintenant.

Petite rit.

— Ouais, je parie que tu vas en voir plusieurs. Bonne nuit, Stan.

Je lui lançai un regard étrange, puis sortit. Il faisait tellement froid. C'était un froid profond qui s'insinuait dans vos os comme en Russie. Ma mère me manqua alors. Tellement. Rentrer dans ma grande maison vide était déprimant. J'aurais bientôt vingt-huit ans et je n'avais personne à retrouver à part Lucy.

— Yo, mec, il était temps ! Viens.

Tennant apparut devant moi. Il m'attrapa par le bras et me tira vers une voiture de luxe, celle du Coach Madsen.

— Tu en as mis du temps.

— Moi rentrer avec bus, le contredis-je.

Ten ouvrit la portière à l'arrière et me fit signe d'entrer.

— Non, on te raccompagne chez toi. Maintenant, monte là-dedans.

Je plantai mes pieds fermement dans les quelques centimètres de neige fraîche.

— Non, je rentre avec bus.

— Stan, s'il te plaît, monte. Je suis trop fatigué pour rester assis-là à vous écouter vous disputer, soupira le Coach Madsen d'un air las et les bras sur le volant.

Je montai, mais seulement parce qu'il s'agissait du Coach. Tennant contourna la voiture et monta sur le siège passager à côté de Madsen.

— Tu le passes quand ton permis ? s'enquit Tennant.

Nous conduisions en direction de Hershey. Une musique entraînante et joyeuse s'élevait depuis la radio. C'était dynamique, mais pas autant que *Good Luck Charm*.

— Bientôt.

— Cool ! Tu vas récupérer toutes les minettes qui se lamentent dans le genre *Misérables*.

Tennant et Jared se mirent à rire. Je ne comprenais pas comment je pouvais conduire au-travers d'un livre. Les Américains parlaient bizarrement parfois.

— Achète un cabriolet !

— Ce n'est pas vraiment le genre de voiture qu'il faut posséder quand on habite là où il neige, dit le Coach Madsen.

— Ils mettent des chauffages dedans. Vous, les vieux, et vos pieds tout froids.

— Tu ne te plaignais pas de mes pieds tout froids, hier soir.

J'arrêtai de les écouter en train de se lancer des plaisanteries à tour de rôle. Au lieu de ça, je me contentai de grogner et d'acquiescer jusqu'à ce que je sorte de la voiture et soit en sécurité dans ma maison. Je laissai alors mon manteau glisser sur mes bras, et mon envie d'avoir quelqu'un à mes côtés redoubla. Lucy apparut à ce moment-là, miaulant et faisant l'idiote. Je me penchai et l'attrapai. Elle me lécha le nez avec sa langue râpeuse.

— Ton haleine sent poisson mort, lui dis-je.

Puis j'avançai dans la maison, observant toutes les chambres et me demandant si j'allais un jour pouvoir les remplir. Pourrais-je un jour trouver quelqu'un qui m'aimerait comme j'aimais Erik ? Comme je l'avais aimé. Je ne l'aimais plus, maintenant. Je le détestais. Oui.

— On le déteste comme du pain moisi sur un sandwich croqué.

Je m'arrêtai dans l'embrasure de ma porte, Lucy enroulé autour de mon cou comme une étole. Je réfléchis à ce que je venais de dire.

— On le déteste comme un morceau de sandwich avec du pain moisi. Oui, c'est du meilleur anglais.

Lucy miaula son approbation. Je tendis la main et enlevai le chat marron de mes épaules pour la poser sur le lit. Il était vingt-trois heures. J'enlevai mon costume et le jetai sur le panier. Bientôt, j'allais devoir passer chez le teinturier pour récupérer mes vêtements propres et déposer les sales. Je m'effondrai sur le lit, avec rien d'autre que mon boxer sexy qui était digne d'un étalon, comme le disait Tennant, et je lançai Netflix sur l'écran plasma accroché au mur. Lucy avança sur mes cuisses, laissant des traces de griffes jusqu'à ce je l'enlève de mes jambes et lui dise de rester sur le côté du lit.

— Tu as de la place, dis-je en agitant un doigt dans sa direction.

Elle frotta sa joue contre ma main, puis se blottit sur l'oreiller vide.

— Trouvons quelque chose de bien pour nous aider à nous sentir mieux malgré notre vie merdique, déclarai-je.

Lucy fit trembler son oreille en guise de réponse.

Je trouvai ma liste de bons films. Il y en avait tellement d'Elvis. Il y avait des films d'explosion, que Tennant et Adler avaient suggérés. Beaucoup de coups de feu et d'armes pendant que les acteurs s'éloignaient nonchalamment avec l'attitude de *Luke la main froide*. Je fis défiler la collection de films gays que j'avais sur la liste, mais beaucoup d'entre eux se terminaient tristement, les deux personnages principaux étant séparés à la fin. Pourquoi voudrais-je regarder ça ? Je l'avais vécu.

Je retournai sur Elvis et choisis *Des filles... encore des filles* que j'avais vu quatorze fois auparavant. Je l'aimais beaucoup. Il était tellement cool.

— C'est le film d'Elvis qui swing le plus, dis-je à Lucy quand le film débuta.

Les jambes tendues sous un duvet épais, je commençai à m'assoupir, ce film avec lequel j'étais si familier ne retenant pas mon attention comme d'habitude. Mon esprit refusa de rester concentré. Je voulais aller dans de mauvaises directions, je partais sur des chemins verts assortis aux yeux d'Erik, ou vers des soleils d'été de la même couleur que ses boucles.

Bientôt, j'arrêtai d'essayer de m'obliger à regarder Elvis

jouer un pauvre pêcheur hawaïen et je me plongeai dans un songe rempli de souvenirs torrides. Mes yeux se fermèrent lentement et il était là, comme toujours quand j'avais besoin de me soulager. Je me touchai doucement le ventre, laissant le fantasme me saisir entièrement. Les muscles sous ma main tressaillirent. Mon membre tressauta. Impatient et attentif, il commença à s'épaissir tant que je continuais de me remémorer ces moments érotiques. Erik était à genoux, à l'intérieur d'une cabine, au club *Moon Boy* à Helsinki. Contre la porte, j'écartais les boucles de son front et il me suçait.

Ma main glissa dans mon boxer, serrant mon pénis durci. Je commençai à me caresser, chaque coup de main brutal en harmonie parfaite avec Erik qui engloutissait mon sexe. Ah, il était si beau en bas. Un ange venu du ciel avec ses cheveux jaunes dignes d'un chérubin et ses magnifiques yeux verts. Il me prit entièrement dans sa gorge. Ses capacités de suceur étaient géniales. Je tirai encore plus fort et plus vite sur mon sexe, grinçant des dents quand un orgasme commença à grandir dans mes testicules.

Je lui dis de me finir. Il creusait les joues, son regard ne quittant jamais le mien. Je prenais alors sa bouche, donnant de longs coups de rein qui plongeaient profondément ma verge dans sa gorge. Son petit nez était fermement appuyé sur les boucles sombres à ma base. Il grogna et me supplia de jouir, avant de me libérer dans un bruit de succion bruyant.

— *Da, pozhaluysta, bol'she moya lyubov* ! criai-je. Oui, s'il te plaît, plus, mon amour.

L'amant de mes rêves redescendit le long de mon corps. Il me tenait ainsi dans sa bouche et dans sa gorge, les yeux fermés, puis il reculait lentement et reprenait mon sexe quand je jouissais sur ses joues et sa mâchoire.

Je m'agitai sur le lit comme un fou, ma libération à la fois difficile et incroyablement puissante. Lucy siffla et sauta quand j'empoignai les draps de ma main gauche, la droite fermement enroulée autour de mon érection. Une chaude semence recouvrit mes doigts, ma paume et les draps. Lorsque ce fut terminé, je m'allongeai, mouillé et seul, fixant le plafond.

— *Ty, che blyad* ? haletai-je. C'est quoi ce bordel ?

Je le répétai en anglais pour que Lucy puisse comprendre que j'étais tout aussi troublé qu'elle, peut-être même plus encore. Mon chat ne comprenait que l'anglais, puisqu'il s'agissait d'un chat américain. Elle ne connaissait pas le russe, ce qui était la raison pour laquelle elle m'ignorait si souvent quand je lui parlais. Lucy bondit à nouveau sur le lit, avança et s'assit sur mon torse toujours lourd. Elle tapota mon nez avec une patte toute douce.

— Oui, tu es sage. Frappe-moi plus fort.

Peut-être que cela me ferait sortir Erik de la tête et du cœur.

CINQ

Erik
————

Lorsque je me réveillai le lendemain matin, je m'autorisai exactement dix minutes de réflexion sur ce satané but causé par mon patin et sur le fait que j'avais été obligé de serrer la main de Stan, ce dernier ayant retiré la sienne si rapidement que j'avais su exactement ce qu'il ressentait.

Pas seulement du point de vue d'un gardien de but. Enfin, c'était mon droit de traîner près du filet, bloquant les rebondis et aidant le gardien. Mais... je plongeai mon visage dans l'oreiller et grognai vivement.

— Monsieur Gunnarsson ?

La voix d'Amy fut suffisamment forte pour traverser la porte et elle n'allait visiblement pas bien.

— J'ai besoin d'aide, monsieur Gunnarsson.

Je quittai le lit en moins de temps qu'il n'en fallait pour dire *cinq à quatre*, et j'ouvris brusquement la porte.

— Qu'est-ce qui ne va pas ? demandai-je.

Je cherchai mon fils, mais il n'était pas dans ses bras et apparemment, elle avait pleuré. Mon monde s'arrêta à ce moment même, tous les scénarios terribles auxquels j'avais pensé depuis que j'étais devenu père ravageant mon esprit comme un feu sauvage. Je la secouai, lui criai dessus, la poussai, et me précipitai vers la chambre de Noah, glissant pour m'arrêter de façon peu glamour à côté de son berceau.

Il était là, mon beau petit garçon, dormant, une main potelée près de son visage, l'autre poing desserré au-dessus de la couverture. Il respirait, je voyais son petit torse s'élever et mon Dieu, je me rappelai toutes les nuits où j'étais resté assis à côté de lui à la recherche de ce simple signe de vie. Je n'avais jamais imaginé qu'avoir un bébé me retournerait tellement le cœur que j'aurais si peur chaque jour.

— Monsieur Gunnarsson, dit Amy à la porte.

Je me retournai pour lui faire face, énervé qu'elle m'ait fait peur, même si je savais que j'étais irrationnel. J'observai plusieurs choses à la fois. Elle avait une sale tête, bénie soit-elle. Ses longs cheveux foncés étaient attachés dans une queue de cheval, sa peau était pâle et elle portait un saladier de la cuisine que je reconnus.

— Je crois que je vais…

Elle ne finit pas, grognant et vomissant dans le saladier, puis elle passa la porte. J'étais déchiré. Amy était clairement malade et elle n'était plus vraiment une enfant, sortant tout juste de l'université, cherchant du travail. Devrais-je la suivre ? Être un genre de figure paternelle malgré mes quelques années de plus qu'elle, pour lui tenir les cheveux, ce genre de choses ? Puisque Noah dormait, ce fut exactement ce que je fis. Je la suivis, l'aidai, fis toutes les choses dégoûtantes auxquelles j'étais habitué avec Noah. Enfin, je parlais des fois où il était malade, où sa couche était pleine, où il recrachait son lait. Je pouvais tout faire maintenant.

— Je devrais appeler un médecin ?

— Non, je crois que je n'aurais pas dû manger le…

Elle fut à nouveau malade et ne put terminer sa phrase. Peu importait ce qu'elle avait mangé, j'espérai égoïstement ne pas en avoir dégusté, parce que manquer l'entraînement aujourd'hui, après la débâcle d'hier soir n'était pas sur ma liste du jour.

Alors je l'aidais du mieux que je le pus, et découvris qu'il s'agissait de riz réchauffé donc non, je n'en avais pas mangé, puisque j'avais boudé dans ma chambre avec un bébé endormi sur mon torse, regardant les rediffusions du match.

— Je suis désolée, monsieur Gunnarsson, déclara-t-elle pathétiquement quand je l'aidai à retourner dans sa chambre.

Peu importait le nombre de fois où je lui disais de m'appeler Erik, elle recommençait à utiliser mon nom de famille. Elle disait que c'était respectueux. Je pensais simplement que c'était bien plus difficile de dire un nom de famille comme le mien, plutôt qu'un simple « Erik ». Je lui laissai de l'eau, un saladier propre et son téléphone portable, avant de lui ordonner d'appeler le médecin si j'en avais besoin.

Fermant la porte, je m'appuyai contre elle et observai l'endroit minuscule que je louais. Oui, il y avait trois chambres, mais c'était au milieu de nulle part. Oui, il y avait une cuisine, mais les moquettes devaient être remplacées. Noah marchait déjà à quatre pattes et exploraient les meubles. Je voulais plus pour lui. Fermant les yeux, je mis tout bout à bout, même si je n'avais pas voulu le faire : la défaite d'hier soir, mon but, mon incapacité à offrir à Noah la maison qu'il méritait, et le poids du pessimisme qui pesait lourdement sur moi.

Puis je l'entendis. Noah gargouilla et le monde redevint normal en un instant. Il était mon tout. De la même façon, je me rendis soudain compte de quelque chose : j'avais entraînement dans deux heures. J'avais un bébé. Et pas de nourrice.

Vie. De. Merde.

Je préparai le sac comme un expert des sorties avec Noah, et nous partîmes sur la route. Je m'étais déjà changé deux fois aujourd'hui, une fois parce qu'Amy m'avait un peu vomi dessus et une deuxième fois parce que Noah avait trouvé un nouveau jeu : le lancer-de-céréales-et-de-lait-sur-papa. Le monde conspirait pour rendre ma matinée encore pire, mais au feu rouge, je tendis la main vers Noah dans son siège bébé à l'envers, et il agrippa mon pouce, clignant de ses grands yeux verts.

— Toi et moi, mon petit, dis-je.

— Bah, répondit-il.

— Ouais, ouais, bah.

Nous arrivâmes au *Capital Ice Complex* une demi-heure en avance. J'étais arrivé, oui, et mon matériel était à l'intérieur de la patinoire. Mais j'avais un bébé avec moi. Les paroles de ma mère se révélèrent parfaitement exactes. *Tu es vraiment stupide, hein ? Tu penses que c'est facile d'avoir un bébé ? Mais à quoi tu pensais ? Reprends ton argent, petit gamin stupide.* Évidemment, elle avait dit ça en suédois et je traduisais grossièrement « gamin stupide ». Elle n'avait jamais compris pourquoi je voulais Noah, pourquoi j'avais donné chacun de mes centimes pour l'avoir. Elle avait officiellement arrêté d'être ma mère et je n'étais pas sûr qu'elle le redevienne un jour. Papa n'était pas intéressé. Il avait une nouvelle famille dont il devait s'inquiéter. L'un des avantages quand on était un joueur de hockey célèbre, c'était l'abondance de femmes qui avaient été prêtes à prendre la place de maman lorsqu'elle avait enfin quitté son mari à cause de ses affaires extra-conjugales digne de la LNH.

— Toi et moi, mon pote, commençai-je.

Je fis glisser un doigt sur sa joue.

— Nous ne sommes pas bizarres. Toi et moi ? Nous sommes la définition officielle d'une unité familiale fonctionnelle.

Ayant fini de m'apitoyer sur mon sort, je reculai mes épaules et pris Noah dans la voiture. Dieu seul pouvait savoir ce que j'allais affronter là-dedans. Un vestiaire plein de bruit, un coach qui me regarderait fixement avec une expression horrifiée. Personne n'amenait ses enfants à la patinoire pour l'entraînement. C'était réservé aux journées en famille et je l'avais manquée, puisqu'elle s'était produite une semaine avant mon arrivée.

Je passai la sécurité et affrontai mon premier obstacle.

— C'est un bébé ? demanda Pete.

Il tendit la main pour tapoter la tête de Noah. Je le tins contre moi. Pete était l'un des grands vigiles, tout en muscle, et il avait un tatouage sur le bras gauche qu'il laissait apparaître quand il n'était pas emmitouflé pour se protéger du froid. « Intimidant » serait un bon mot pour décrire Pete et personne n'essayait d'entrer sans sa permission.

— Pete, je vous présente Noah, mon fils, déclarai-je fièrement.

— Oh, il est mignon, dit Pete.

Je lui fis probablement un sourire radieux. Je le faisais souvent quand les gens me disaient que Noah était mignon. Clairement, Noah était le plus mignon et le plus fabuleux des bébés du monde entier, mais après tout, je n'étais pas objectif.

— Il doit ressembler à sa maman, hein ? s'enquit Pete.

Il laissa la question en suspens. Hors de question que j'ouvre cette boîte de Pandore. C'était déjà assez horrible que j'aie amené Noah au travail avec moi.

Les portes principales s'ouvrirent, un courant d'air précédant deux joueurs qui parlaient fort à propos de quelque chose ayant trait aux pommes de terre. Pete fut distrait et j'échappai à son regard scrutateur. Je traversai exactement un couloir avant de croiser mon prochain obstacle.

— C'est un bébé ? demanda Arvy. C'est *ton* bébé ?

— Noah.

Fièrement, je levai la couverture moelleuse pour qu'Arvy voie davantage le visage de mon fils. Je pus constater le moment où il vit les grands yeux et la peau douce de Noah. Arvy se contenta de soupirer et de roucouler.

Puis il gâcha le moment.

— Où est ta nounou ? demanda-t-il.

Il regarda derrière moi, s'apprêtant à voir une nourrice qui attendait là.

— Elle est malade, répondis-je.

Je me devais d'être honnête avec Arvy pour obtenir de l'aide. Il savait que mes parents étaient en Suède, il ne connaissait pas toute l'ampleur de mon mécontentement envers eux, mais il se rendait compte que mon réseau de soutien ici, aux États-Unis, était proche de zéro.

— Merde, dit-il.

Et, avouons-le, ça n'aidait pas.

Ten arriva près de nous.

— Salut, déclara-t-il. C'est un bébé ?

— Noah, expliquai-je.

Ten se pâma d'admiration devant Noah. Arvy me lança un regard appuyé, puis fit un signe de tête en direction des vestiaires et de la patinoire.

— Je ne savais pas quoi faire, annonçai-je.

— Tu n'as aucun plan de secours ? demanda Arvy.

Dieter et Adler arrivèrent.

— C'est un bébé ? s'enquirent-ils à l'unisson.

Je me demandai si peut-être, je devais investir dans une pancarte qui annonçait que oui, Noah était un bébé.

— Oui, c'est un bébé, expliquai-je.

— Il a été laissé devant la porte dans une boîte ou un truc comme ça ? dit Adler avec son manque de filtre habituel.

— Mec.

Ten donna un petit coup de poing à Adler.

— C'est le bébé de Gunner, Noah.

Adler jeta un coup d'œil à Noah. Mon bébé leva un minuscule poing dans sa direction, froissant le nez. Pour être honnête, si Adler s'engageait dans mon espace personnel, je froisserais moi aussi le nez et lui donnerais un coup de poing.

Lorsque Jens et Charlie rejoignirent le groupe, faisant des ooh et des aah, avant de commencer à lancer des blagues grivoises sur ma vie sexuelle, j'en eu assez.

— Je vais parler au management, dit Arvy avec une main ferme sur mon épaule. Pour que tu sois aidé.

Il s'en alla et mes autres équipiers étaient toujours

pressés autour de moi. Cinq mecs plaisantant et riant. Noah était agité dans mes bras. Les joueurs de hockey n'étaient pas exactement connus pour leur sensibilité et leur capacité à chuchoter. Je n'étais pas sûr que Noah soit heureux.

Puis cela se produisit. Stan arriva dans un tourbillon de froid et d'hostilité quand il jeta un coup d'œil dans ma direction. Il ne put passer devant le nœud humain, et je ne pus me retourner. Son visage arborait une expression tempétueuse et tordue, avec un regard noir méprisant. Et tout changea. Comme si quelqu'un avait agité une baguette magique et jeté un sort, ses sourcils froncés de relevèrent et il afficha un doux sourire.

— Tu amènes bébé Erik, déclara-t-il.

Il avait dû se rendre compte de la situation difficile dans laquelle je me trouvais avec Noah, la façon dont il plissait le visage, prêt à pleurer à cause des mecs rassemblés autour de nous.

— Ça suffit, gronda-t-il suffisamment fort pour que mes coéquipiers arrêtent de parler. Laissez de l'air à bébé. Partez.

Tout le monde s'éparpilla. Personne ne voulait contredire un Russe qui surplombait tout le monde. Nous nous retrouvâmes donc tous les deux dans le couloir. Avec Noah, bien sûr.

— Voici Noah, expliquai-je.

— Lui joli, dit Stan.

Puis il fronça à nouveau les sourcils.

— Lui, garçon, donc pas joli. Beau.

Il tendit la main vers Noah, qui saisit fermement son pouce et le leva vers sa bouche.

— *Nyet*, murmura-t-il. Joueur de hockey, c'est sale.

Noah bredouilla quelque chose qui ressemblait à *bah bah* et le sourire de Stan s'élargit.

— Je peux le tenir ?

J'hésitai un moment. C'était Stan. Il me détestait et il voulait tenir mon bébé. Il venait juste de rentrer dans le bâtiment, il était froid et bon sang, c'était mon bébé.

Il dut voir mon hésitation, puisque son sourire disparut et il hocha la tête.

— C'est rien, dit-il avant de s'éloigner.

Ce fut à ce moment-là que la balance pencha du bon côté. Je lui jetai plus ou moins Noah, utilisant mon propre bébé pour l'empêcher de s'en aller.

Stan s'arrêta et prit Noah dans ses bras, le tenant d'abord sous les aisselles, ses petites jambes pendant et donnant des coups de pieds.

— Bah, annonça Noah.

— *Mal'chik-zaichik*, murmura Stan.

Au lieu de le tenir les bras tendus, il le serra contre lui. Dans sa veste épaisse avec la capuche en fourrure, mon Dieu, même à neuf mois, Noah semblait si minuscule dans les grandes mains habiles de Stan.

— *Mal'chick-zaichik*, répéta-t-il.

Je me penchai en avant. Je ne pus m'en empêcher. Le russe de Stan me faisait toujours trembler les genoux. Lorsque nous avions été ensemble, quand il était profondément plongé en moi en me faisant l'amour, il me parlait et je fondais… Il aurait pu me réciter une liste de courses que cela n'aurait eu aucune importance. Sa voix douce et ses jolis mots n'avaient jamais manqué de me faire prendre mon pied.

— Qu'est-ce que tu lui dis ? demandai-je.

— Petit lapin, répondit-il.

Il toucha les oreilles en fourrure du petit pull de Noah.

— *Mal'chik-zaichik.*

Oh mon Dieu. J'étais excité. Sérieusement, la voix, les belles mains, la façon dont il tenait Noah faisait danser mon cœur dans ma poitrine.

— Il t'aime bien, dis-je quand Noah tendit la main vers tous les endroits de Stan qu'il pouvait toucher.

— Bah, fit remarquer mon fils.

Il rit quand Stan gloussa, un son qui provenait du plus profond de son torse.

— Il est malin dit Stan.

Il se pencha pour déposer un baiser sur le crâne du petit.

— Noah, dit-il.

Il me le redonna quand Arvy arriva avec quelqu'un en costume et notre capitaine, Connor Hurleigh, dans son sillage.

— Eddie a dit qu'il s'occuperait de lui, expliqua Arvy.

J'observai d'abord Stan, puis Connor, et enfin Arvy.

— C'est qui, Eddie ? m'enquis-je.

Je n'allais pas donner mon bébé à un étranger.

Le mec en costume tendit la main.

— Je suis Eddie, déclara-t-il.

Je lui serrai maladroitement la main, avec Noah dans les bras.

— Je suis l'enseignant des enfants de Larson et Anatoly. Mon casier judiciaire a été vérifié, je suis en bonne santé, et l'aîné de cinq frères et sœurs, donc je me débrouille avec les enfants.

— C'est un bon gars, dit Arvy.

Je regardai fixement mon compatriote suédois, essayant de ne pas avoir l'air paniqué. J'ignore ce que je m'étais imaginé. Patiner avec Noah accroché dans le dos ou quelque chose dans le genre ?

— Est-ce que tu as un siège bébé ou quelque chose comme ça ? demanda Eddie. On n'est pas vraiment équipé pour les bébés, mais on pourrait l'installer dans un coin de la pièce avec des couvertures et tout, donc si tu as un siège...

Eddie parlait. Stan me regardait fixement. Arvy souriait et Connor consultait sa montre, fronçant les sourcils.

L'entraînement. Je devais croire en l'équipe qui faisait confiance à cet Eddie.

— Tu peux aller chercher le siège ? demandai-je à Arvy en lui donnant mes clés.

— C'est bien pour petit lapin, déclara Stan avant de partir.

Je le vis s'en aller, voulant l'appeler. De façon irrationnelle, j'avais le sentiment qu'il fallait qu'il reste à mes côtés pour vérifier ce petit espace pour Noah, parce que j'avais besoin de quelqu'un.

De n'importe qui.

***

JE NE PUS m'empêcher de m'inquiéter, même au milieu de l'entraînement, quand Eddie vint derrière la vitre avec Noah dans son siège. Mon bébé dormait et Eddie leva ses deux pouces. J'avais déjà pris un palet dans le mollet par manque de concentration, ce qui énervait le Coach et qui me vaudrait ma place sur le banc si je ne faisais pas attention.

— Concentre-toi, nom de Dieu, Gunner, garde les yeux sur le palet.

Je tentai d'ignorer Eddie et Noah, et attendit mon tour pour les tirs au but. Un jour, j'allais réussir à marquer un but face à Stan, parce que je ne l'avais encore jamais réussi lors d'un entraînement. Même quand nous nous chamaillions au camp d'entraînement avec des parties de hockey sauvage, il ne m'avait pas laissé une seule fois ses filets accueillir mes tirs. Eddie avait maintenant enlevé Noah de son siège et était debout derrière la glace, la main de mon fils aplatie dessus. Mon tour arriva. Je glissai le long de la patinoire, feintai une fois, puis deux, fis tout ce que je pus.

Stan l'arrêta. Comme je m'en étais douté.

En retournant vers le groupe, je m'arrêtai et appuyai ma propre main gantée contre celle de Noah. Il plissa le nez et rebondit dans les bras d'Eddie.

Toute l'équipe m'imita, comme si toucher la vitre au même endroit que Noah était devenu notre truc. Stan arrêta mon second tir, ainsi que mon troisième. Seuls Connor et Ten réussirent à le contourner, et je n'étais pas dans la même catégorie qu'eux, niveau précision.

Un jour.

— C'est quoi, cette histoire avec Eddie ? demandai-je à Arvy lorsque l'homme remit Noah dans son siège et disparut de la patinoire.

— Larson a dit qu'il était trop souvent en déplacement et que lui et sa femme avaient besoin d'un tuteur privé pour leurs enfants. Anatoly a dit que, peut-être, on devrait avoir une salle d'étude, pour que les enfants aient une stabilité et des amis dans la même situation qu'eux. Eddie est là depuis un an maintenant, c'est un mec bien.

Lorsque je récupérai Noah à la fin de l'entraînement, je ne m'attendais pas à ce que chaque membre de l'équipe lui dise au revoir, mais curieusement, je me disais que Connor allait me prendre à l'écart. Puisqu'il était le capitaine et tout ça.

— Tu as besoin d'aide pour trouver une nourrice ? demanda-t-il. On peut te trouver quelqu'un, si tu en as besoin.

— Ma nourrice est malade.

— Et si ça se reproduit ?

— Je m'en occuperai, je trouverai du renfort.

Je voulais dire que cela ne regardait pas Connor, mais c'était pourtant le cas. Il était capitaine et prenait simplement soin de l'équipe, et de moi.

— C'est un bon bébé, dit Connor en tapotant doucement la tête de Noah. Et qu'est-ce que tu as pensé du match, hier soir ?

— Merdique, dis-je.

Je baissai les yeux vers Noah, prêt à m'excuser. Noah était endormi, ses lèvres entrouvertes. Je l'aimais tellement.

— Ne le prends pas à cœur. Tu es un membre précieux de cette équipe. Travaille sur ta ligne et avec Stan, améliore tes passes, qu'elles soient nettes et précises.

J'acquiesçai, puis Connor partit en touchant Noah une dernière fois.

J'étais presque arrivé à la voiture, Noah emmitouflé dans son manteau, quand Stan fit son apparition silencieuse à côté de moi. Mais il ne voulait pas me parler. Il ne s'agissait que de Noah.

— Au revoir, *Mal'chik-zaichik*, murmura-t-il.

Puis il s'en alla.

— Sérieusement ? criai-je.

Il s'arrêta et se retourna.

— Et moi, tu ne me dis pas au revoir ?

Stan appuya une main sur mon torse et me regarda comme si le monde s'était écroulé à ses pieds.

— Ici, ton au revoir, déclara-t-il.

Il partit sans un coup d'œil derrière lui.

SIX

Stan

_____

TENIR LE PETIT NOAH M'AVAIT FAIT RESSENTIR QUELQUE chose comme de la nostalgie, ou peut-être l'envie de retrouver une vie plus facile. Assis à la maison, avec Lucy sur les genoux, je me rendis compte que j'avais le mal du pays pour la première fois depuis de nombreuses années. Ma mère et ma sœur me manquaient. Ma famille. Oui, les Railers étaient comme mes frères, d'une certaine façon. Ils étaient parfois amusants, parfois agaçants, mais ils n'étaient pas ma famille. Ils ne cuisinaient pas pour moi et ne me souriaient pas quand je franchissais la porte après un mauvais match.

Je voulais vivre ça en Amérique. Je voulais que ma mère soit là, loin de la vieille ville délabrée à laquelle elle s'accrochait. Peut-être qu'à l'arrivée de Galina, nous pourrions parler et trouver un plan. Nous pourrions trouver une façon d'attirer ma mère loin de sa ferme et la mettre dans un 747. Je voulais que Galina soit près de moi. Je voulais un mari et des enfants. Peut-être un chien.

Cependant, j'allais d'abord devoir discuter de l'idée du chien avec mon chat.

Lucy ronronna, tâtonnant sur le jean couvrant mes cuisses. Le système sonore de ma maison jouait une mélodie russe folk, pas du Elvis, puisqu'aujourd'hui, j'avais besoin de me sentir connecté à quelque chose, et c'était à ma terre natale, celle où se trouvait les gens que je chérissais. La musique était fermement ancrée dans l'église orthodoxe, contexte dans lequel j'avais été élevé. Je n'avais pas assisté à la messe depuis de nombreuses années même s'il y avait une église orthodoxe en ville.

Mon église n'acceptait pas les hommes comme moi. Les messes me manquaient énormément, mais j'aurais trouvé cela déplacé de savoir que les prêtres en robe noire fluide pensaient que j'étais une distorsion perverse et que je ne devrais jamais me marier ou avoir des enfants.

Argh. J'étais malheureux. Alors je pris mon téléphone dans ma poche arrière et appelai ma mère.

Elle me salua avec des larmes de joie, tellement heureuse d'entendre ma voix. Cela ne faisait pas si longtemps que nous avions parlé, peut-être une semaine, mais ma mère pleurait facilement.

Nous parlâmes de ma sœur et de son arrivée dans quelques heures. Puis je la suppliai encore de venir, elle aussi. Je lui dis que je lui achèterai les billets et viendrai la chercher à l'aéroport, tout comme j'allais le faire pour ma sœur.

— Mais Stanislav, je n'aime pas les avions. Si Dieu avait voulu qu'on vole…

— Il nous aurait donné des ailes, terminai-je pour elle.

Nous parlions tous les deux dans un russe rapide.

— Oui, tu vois, tu sais que c'est la vérité.

— Mama, l'Amérique est géniale ! J'ai une grande maison. Tu pourrais avoir ta propre chambre climatisée, une grande télé avec un millier de chaînes et un jacuzzi juste pour toi. Tu n'aurais pas besoin de cuisiner ou de faire le ménage, tu te contenterais de rester assise et d'être une reine !

— Je ne vais pas te déranger.

— Tu ne me dérangeras pas. Galina et moi, on s'inquiète que tu restes seule à Leskovo, c'est ça qui nous dérange.

— Je suis désolée de te rendre la vie plus difficile.

Je me sentis alors coupable.

— Mama, tu ne nous rends pas la vie plus difficile… Je veux que tu viennes ici. Ma famille me manque. Si tu ne veux pas vivre avec moi, je te louerais un appartement. Harrisburg est une ville merveilleuse ! Tu pourrais y vivre toute seule. Je paierai tes factures et ton loyer. S'il te plaît, Mama, réfléchis-y, pour moi.

— Je vais y réfléchir.

Je savais qu'elle ne le ferait pas. Je n'étais pas sûre de savoir ce qu'il faudrait pour la tenter de partir loin de son pays natal, mais son fils la suppliant et l'implorant n'était pas suffisant. Nous parlâmes longtemps, prenant des nouvelles de mes vieux amis qui, comme ma mère, refusaient de quitter Leskovo et de vivre ailleurs. Puis nous parlâmes de la douleur dans sa hanche. Je lui dis que c'était probablement à cause d'un début d'arthrose et de sa vieille maison qui n'était pas assez chaude pour ses articulations.

— Tu devrais y aller maintenant. Va te préparer pour ton match, répondit Mama.

Je soupirai d'un air théâtral.

— Et tu devrais aller faire ta valise et venir aux États-Unis pour que je puisse prendre soin de toi. Tu as travaillé si dur toutes ces années pour que je joue au hockey. Laisse-moi te rendre la pareille.

— Les parents souffrent, c'est notre travail. Maintenant, vas-y et va jouer au hockey pour moi. Quand tu m'appelleras la prochaine fois, je veux vous parler à Galina et toi en même temps.

— Oui, Mama, on pourra faire ça.

— Au revoir, mon beau garçon.

— Au revoir, Mama.

Je jetai mon téléphone sur le côté et écoutai de la musique russe jusqu'à ce que qu'il soit l'heure de retourner à la patinoire pour un autre match. Je pris le bus et tout se passa bien. Pourquoi mes amis pensaient-ils que prendre le bus était si horrible ? Je ne le comprenais pas. Les gens étaient gentils avec moi. Ils me demandaient un autographe et nous parlions de hockey pendant le trajet. J'aimais côtoyer mes fans et les habitants de cette bonne ville. Ils m'avaient accepté à bras ouverts, alors même que je parlais un mauvais anglais.

LE VESTIAIRE ÉTAIT BRUYANT quand j'y entrai après notre victoire contre Tampa Bay. La vie était agréable. Nous avions bien joué et j'avais bloqué quarante-deux tirs sur quarante-deux. J'étais la star numéro un du match. En plus, dans une heure, j'allais revoir ma petite sœur. Mon compatriote russe avança vers moi quand j'enlevai mon maillot trempé de sueur.

— Stanislav, on pense que tu devrais inviter Erik à ta

fête, déclara Anatoly d'une voix si forte qu'Erik dut l'entendre.

Même les spectateurs qui avaient rejoint le parking avaient dû l'entendre.

— Pour montrer au monde qu'il n'y a pas de rancœur entre vous et que tous les membres de l'équipe s'entendent comme des frères.

Je jetai un regard à Erik. Il nous tournait le dos. Son t-shirt blanc collait à son dos humide. Ses boucles commençaient tout juste à sécher. Dans quelques moments, elles rebondiraient telles des anneaux de satin tout doux que je pourrais…

— *Nyet*.

— Stan, allez, mec. Ne sois pas en colère contre lui. Les accidents, ça arrive, non ? dit Tennant en enfilant sa veste marron. Ça aurait pu être moi ou Arvy ou Adzee. Il était juste au mauvais endroit au mauvais moment.

— T'en a raison, Stan.

J'ignorai Adler du mieux que je pus.

— Il se sent déjà mis de côté. Invite-le.

— Je déjà dire nombre d'invités au traiteur.

C'était un mensonge et il avait mauvais goût sur ma langue.

Anatoly me lança un regard étrange. Un regard sombre.

— Stanislav. Le Nouvel An est très important. Pardonne à Gunner le but qu'il a mis contre son camp. Sois mature. Le capitaine dit que l'équipe c'est la famille. Tu laisserais ton frère manquer la fête ?

— Je *suis* mature. Va chier dans le lac d'un autre.

Ils me regardèrent tous fixement.

— Mec, tu massacres totalement ce qui *pourrait* ressembler à de l'anglais, déclara enfin Tennant.

— Si vous voulez que lui venir, d'accord, allez lui dire qu'il peut. Mais juste parce que c'est Nouvel An et qu'il a bébé Noah.

Je leur tournai le dos, arrachai mon équipement et le jetai dans mon casier. L'un des managers les récupérait et s'en chargeait ensuite, donc il le trouverait et le laverait pour moi, afin qu'il soit propre et sec pour le prochain match. D'habitude, j'aimais tout ranger correctement, mais aujourd'hui, ça n'arriverait pas.

— Tu te montres mature, dit Anatoly.

Tennant trottina vers Erik pour lui transmettre mon invitation. Erik écouta, acquiesça, puis me lança un rapide coup d'œil. Je retournai dans le vestiaire.

— D'accord, alors pourquoi le Nouvel An est si important pour les Russes ? s'enquit Adler.

Il demandait toujours ce qui lui passait par la tête. Je fis un signe de la main à Anatoly pour qu'il lui explique avant que je massacre à nouveau les mots qui auraient pu être dans un anglais correct. En plus, je devrais prendre un taxi et me rendre à l'aéroport pour aller récupérer ma sœur.

— Quand les Bolchéviques sont arrivés au pouvoir, les vacances religieuses ont été déclarées illégales. Noël était banni, alors les gens sont simplement passés de Noël au Nouvel An pour faire la fête. Ça n'a pas été une transition facile. Les sapins et le Père Noël ne pouvaient plus avoir de signification religieuse. Mais notre peuple est fort et intelligent. Nous faisons du Nouvel An un jour de célébrations où l'on s'offre des cadeaux.

— Mais quel genre de crétin déclare que Noël est illégal ? Aïe ! Merde, Ten, cria Adler.

Je gloussai devant la tape sur le crâne que mon ami donna à un mon autre coéquipier.

— C'était pour quoi ça ?

— Va trouver Layton, il te l'expliquera. Au fait, Erik dit qu'il n'est pas sûr de pouvoir venir, parce qu'il aura besoin d'une baby-sitter, mais il essaiera.

— Peu importe ce qui lui convient, dis-je en enfilant mon pantalon noir.

— Tennant, tu es prêt ?

Nous regardâmes tous la porte, en direction de la voix du Coach Madsen. Mon ami Tennant nous sourit, puis partit avec son petit ami.

Erik partit ensuite et alors que je continuais de m'habiller, Anatoly et moi discutions de la fête. Il s'occuperait du bar et j'étais en charge de la nourriture. Beaucoup de vodka avait été achetée, m'informa-t-il.

— Oh, j'y pense maintenant que je vois Dieter dans les douches. Il a dit qu'il amènerait son copain patineur artistique, de Philadelphie, à la fête de demain soir.

— Trent est un mec sympa, répondis-je.

J'enfilai ma veste, attrapai mon sac, dis au revoir à mon compatriote et courus vers les portes. Pete me salua et je répondis cette fois-ci, m'arrêtant juste une minute pour discuter avant de me précipiter dans le froid en direction du taxi qui m'attendait. Le trajet jusqu'à l'aéroport sembla durer une éternité.

Ma sœur se tenait juste derrière les portes de l'Aéroport International d'Harrisburg. Je courus depuis le taxi qui s'était garé et elle me retrouva dehors. Je la soulevai, la serrant fermement dans mes bras. Elle pleurait et haletait, ses longs cheveux bruns s'agitant dans un vent frais mordant.

— *Sladkaya detskaya sestra*, chuchotai-je.

Ma petite sœur adorée.

J'embrassai ses joues mouillées. Galina se libéra enfin de mon étreinte, riant et pleurant. Elle m'attrapa la main quand le chauffeur du taxi mit ses valises dans le coffre de la voiture.

Nous montâmes à l'arrière, ravis de retrouver de la chaleur et nous nous regardâmes simplement pendant quelques instants. Elle était si belle, avec des yeux gris sombre comme les miens et des cheveux bruns. Son sourire était brillant et blanc, sa peau était douce et lisse, comme une crème, et ses lèvres étaient aussi roses que le sol en marbre dans la salle du trône du Kremlin. Elle était grande, mais pas autant que moi et bien en forme maintenant. Pendant de nombreuses années, elle avait été mince. Trop mince. Sa boulimie l'avait rendue malade, mais j'avais payé sa guérison grâce à mon cachet de la ligue russe. Elle était maintenant en bonne santé à nouveau.

Galina était marrante, et bruyante à l'occasion. Elle tenait presque aussi bien l'alcool que moi, aimait le rock et la danse. Elle était ma petite sœur adorée et je l'aimais.

Cela faisait quelques années que nous ne nous étions pas vus. Lorsque j'avais signé mon contrat avec les Railers, quittant ainsi la ligue russe de hockey ou KHL, j'avais dû la laisser derrière moi. En aucun cas, je n'aurais pu la faire venir avec moi, parce qu'elle entrait en première année de psychologie à l'Université de médecine de Novossibirsk, afin de devenir conseillère pour les personnes atteintes de troubles de l'alimentation. C'était son rêve depuis qu'elle s'était remise de sa période sombre. Le mien était d'être joueur de hockey aux États-Unis. Le hockey payait la réalisation de son rêve. Elle était désormais en troisième année et était toujours dans le haut du classement. Le cadeau que je lui faisais cette année était des billets d'avion pour l'Amérique, pour une longue visite.

— Dis-moi comment tu vas.

Je commençai à lui répondre.

— Dis-le moi en anglais, m'interrompit-elle.

Son anglais était mieux que le mien. Elle avait pris des cours à l'université.

— Je vais grave bien.

Elle rit chaleureusement.

— Qui t'apprend l'anglais ? Un vieux coach ?

— Non, ce sont les films d'Elvis, la télé et l'équipe.

— Les films d'Elvis ?

Elle éclata alors de rire. Je me fichais qu'elle se moque de moi. L'entendre rire et voir son beau visage me donnait l'impression d'être aussi léger qu'un nuage. Nous parlâmes jusqu'au retour à Hershey. Elle me mit au courant de ce qu'il se passait dans sa vie. L'école était difficile, mais elle s'en sortait bien. Elle n'avait pas de petit ami, puisque chaque homme de son âge qu'elle rencontrait était un *bolvan*, ou un crétin. Mama allait bien, également, même si elle ne la voyait pas autant qu'elle le souhaiterait. Nous nous inquiétions tous les deux pour notre mère, dans son vieux village mort.

— J'aimerais l'amener en Amérique, un jour, lui dis-je quand le taxi se gara dans notre allée.

Avec des yeux écarquillés, Galina regarda ma maison au-travers des vitres teintées.

— Stanislav, ta maison est immense !

— Mais vide jusqu'à ce que toi venir me rendre visite.

Nous courûmes à l'intérieur. Je la traînai derrière moi, nerveux à l'idée de lui montrer ma nouvelle maison américaine. Puis je me précipitai à nouveau à l'extérieur pour payer le taxi et récupérer ses nombreux bagages. Je lui fis un tour de la maison et l'installai dans la chambre d'ami. Nous nous mîmes en pyjama et regardâmes ensuite des films d'Elvis tout en sirotant de la vodka glacée et en mangeant des cornichons. Lucy dormit tour à tour sur moi et sur ma sœur. Toute la nuit, nous parlâmes dans un anglais, mélangé à du russe, et c'était un vrai bonheur de laisser ma langue maternelle s'échapper librement à l'occasion.

— Quelle heure est-il ? demanda Galina après un long bâillement.

Ma tête était paisiblement posée sur un oreiller par terre, et j'aurais détesté la lever, mais pour elle, je le ferais.

— Dis-le moi en anglais. Tu ne t'amélioreras pas si tu n'utilises pas cette langue.

— Deux heures dix, répondis-je.

Je roulai sur le côté pour la regarder. Elle était sur le ventre, sur le gros canapé moelleux. Ss cheveux étaient balayés d'un côté de sa tête et retombaient sur son visage.

— Nous avons beaucoup de travail pour ta fête.

Ce n'était pas une question, mais un fait. J'acquiesçai et gloussai à cause du picotement dans mes orteils.

— Je vais me coucher, dis-je.

Elle commença à ronfler.

— *Dobroy nochi*, déclarai-je avant de fermer les yeux.

Galina me dit bonne nuit en retour avant que je m'endorme par terre. Je devais me lever le lendemain matin. L'entraînement était optionnel, mais j'espérais que

Galina irait parler aux traiteurs, aux décorateurs et à Dieu savait qui encore.

Lorsque je me réveillai, j'entrai dans le chaos de préparation pour la fête.

Je pris Lucy dans mes bras, elle qui était recroquevillée derrière le canapé. Je la mis dans sa boîte à chat, prêt à l'emmener chez le vétérinaire pour qu'elle y reste toute la soirée. Je devais sortir d'ici et ensemble, nous trouverions la paix, et l'espoir que lorsque nous reviendrons, tout irait bien.

SEPT

Erik

_____

— Salut, nous ne nous sommes pas encore rencontrés.

Je levai les yeux de mes patins et une femme des plus mignonnes, des plus adorables et des plus minuscules se tenait devant moi, avec les mains sur les hanches et un enfant à ses côtés. Je me souvins de mes manières et tentai de me lever, mais elle tendit la main pour m'arrêter.

— Ne vous levez pas, dit-elle.

Même sa voix semblait imperceptible dans le vestiaire.

— Non, madame.

Elle était peut-être minuscule, mais elle avait des manières qui ne me donnaient pas envie d'argumenter avec elle.

— Salut, dis-je à la petite fille se tenant à côté de sa mère d'un air confiant.

— Salut, je suis Ellie et mon père s'occupe de toi, annonça-t-elle de façon impérieuse. Était-elle la fille d'un membre du management ? Je jetai un coup d'œil à sa mère pour obtenir une clarification et elle me sourit en me tendant la main.

— Liza Hurleigh. Je suis la femme de Connor.

Oh. *Ce genre de patron.* Le capitaine des Railers.

— Madame, la saluai-je à nouveau.

Je lui serrai la main, qui était si petite dans la mienne.

— Connor dit que vous avez un bébé et que vous auriez peut-être besoin d'aide en ce moment ?

Elle inclina la tête, tout comme Ellie qui était comme une mini-Liza.

— Nous avons créé le groupe des femmes et des copines de l'équipe, ainsi qu'une coopérative pour la prise en charge des enfants. Connor dit que vous avez une nourrice ?

— Oui, madame.

— Liza, s'il vous plaît. Si vous lui transmettez cette information, elle pourra contacter quelques-unes des mères et des nourrices de l'équipe, et si le pire arrive, vous saurez que vous pourrez toujours compter sur quelqu'un.

Elle me tendit une carte et je la saisis sans même la regarder.

Je clignai des yeux dans sa direction, n'étant pas vraiment sûr de ce que je devais dire. Cela semblait trop beau pour être vrai, mais n'avais-je pas besoin d'une femme ou d'une copine pour avoir le droit à ce groupe ? Je n'en avais certainement pas et ce ne serait jamais le cas, mais pouvais-je l'expliquer tout de suite ? Je ne pouvais pas le faire, même s'il semblait que toute l'équipe des Railers était en train de faire son coming-out. Enfin, pas toute l'équipe, mais deux de ses membres, au moins.

— Ça m'a l'air merveilleux, ma... Liza.

— Bien, bien, dit-elle.

Elle parlait comme s'il s'agissait d'une une autre case

qu'elle pouvait cocher sur sa liste de bonnes actions de la journée.

— Dites-lui qu'elle peut appeler quand elle veut, ou vous pouvez le faire vous-même et on pourra organiser un goûter.

— Noah n'est pas encore assez grand, dis-je.

Cela ne semblait pas être un obstacle pour l'un de ces goûters.

— C'est un bébé, répliqua-t-elle en souriant largement. Il n'est jamais trop tôt pour avoir des camarades de jeu. J'imagine que je vous verrai ce soir à la soirée de Stan ?

— J'y serai, mentis-je.

Je n'avais pas encore pris de décisions. Amy s'était remise de son intoxication alimentaire et elle disait avoir des séries Netflix à rattraper, d'autant que je la payais pour ses capacités à rester assise sur le canapé avec un bébé et à regarder la télé pour le Nouvel An. Le truc, c'était qu'entre l'idée d'affronter Stan et celle de me blottir contre Noah... je savais laquelle gagnais.

Liza partit en disant au revoir et Ellie la suivit. Lorsqu'elles furent parties, je me rendis enfin compte que je n'étais même pas au courant que les goûters pour les petits bébés existaient. Enfin, franchement, que faisaient-ils ? Ils se jetaient des céréales ? Ils rampaient et se cognaient dans les meubles ?

Il fallait voir les choses en face, j'étais un père merdique.

Avec cette idée en travers de ma gorge, je laçai entièrement mes patins et grommelai en partant vers la patinoire. Seul Connor et mes compagnons de ligne, Toly et Charlie, étaient sur la glace et je dis la première chose à laquelle je pensai quand Connor arriva sur moi.

— Mec, ta femme est minuscule, tu dois pouvoir…

Je m'arrêtai et il haussa un sourcil, se demandant clairement quel était le reste de la phrase.

— … la porter, conclus-je.

— Est-ce qu'elle t'a parlé du groupe des femmes et des copines, et de la coopérative de renforts en cas de besoin ?

— Oui.

— Bien.

Il s'éloigna lentement et tous les trois, la ligne Erik/Toly/Charlie, nous nous arrêtâmes devant lui.

— Aujourd'hui, on va travailler sur les passes. J'ai remarqué qu'Erik était plus rapide et…

Le reste de la séance, ou du moins la moitié, passa au ralenti, pendant que nous vérifiions nos positions pour les passes et j'appréciais tellement le faire que j'aurais pu continuer toute la journée.

Patiner. Netflix. Câliner Noah. Mon lit. Pas de fête. Une journée parfaite.

— D'accord, les mecs, je crois qu'on a fini.

— Pas fini, tonna une voix derrière nous.

Je ne pus m'empêcher, je dus me retourner pour voir si peut-être, un autre Russe arrivait sur la glace avec nous. Non, la chance n'était pas de mon côté. Stan, avec tout son équipement, se dirigeait à toute vitesse vers son but et lorsqu'il passa, il y eut un flot constant de mots russes.

— Je croyais que tu organisais la fête, déclara Tony en s'appuyant sur sa crosse.

Stan s'arrêta, gonfla son filet, puis se tourna pour nous faire face, avant de glisser sur la gauche et de s'arrêter pour repartir à droite, entaillant la glace au niveau de la peinture bleue. Il dit quelque chose à Toly en russe, qui lui répondit en riant.

— Beaucoup boucanne, annonça Stan.

Il heurta doucement la cage avec sa crosse, comme une marque d'affection.

— Ma sœur crie et est hystérique. Je partis. Tire le palet.

Il se mit en position et je n'étais pas le seul à le fixer du regard, ne comprenant pas vraiment ce qu'il venait de dire.

— Il vient de dire boucanne ? demanda Charlie.

— C'est quoi une boucanne ? nous demanda Connor avant de lever la voix. C'est quoi une boucanne, Stan ?

Stan fronça les sourcils.

— Du bordel, du bruit.

Connor nous regarda d'un air impassible et je pus voir la compréhension se dessiner peu à peu sur son visage.

— Du boucan, dit-il. Je crois qu'il veut dire qu'il y a du boucan.

— Boucanne, répéta Stan. C'est ce que je dis. Tire.

— Je vais y aller, annonça Connor. On se voit ce soir.

Il nous fit un *check* du poing et je regardai les deux autres, plein d'espoir. S'ils s'en allaient également, alors je pouvais partir sans me sentir comme une véritable merde.

— Je reste, si vous êtes partant, déclara Charlie.

— Moi aussi, ajouta Toly.

— Ouais, dis-je, moi aussi.

Un par un, nous tentâmes un tir au but, doucement au début pour laisser Stan s'échauffer, jusqu'à ce que le Russe crie moins de mots et plus de grognements étranges, comme ceux qu'il faisait d'habitude quand il était dans son but. Ouais. Stan avait la tête dans le hockey.

Nous nous entraînâmes à faire une remontée, passant le palet entre nous, et Charlie réussit à mettre un but en contournant Stan.

— C'est bon, hurla Stan en touchant Charlie avec sa crosse. Tu fais bon Russe.

Charlie gonfla le torse après la déclaration de son coéquipier et se pavana en passant à côté de moi.

— Je suis bon, dit-il avec une horrible tentative d'accent russe. Toi, tu es une merde.

Il évita ma main, alors que je m'apprêtais à l'ébouriffer et nous fîmes une nouvelle remontée. Cette fois-ci, c'était moi qui tirais, mais Stan était là, arrêtant le palet comme si je lui avais simplement lancé, et non que j'avais shooté de toutes mes forces dans sa direction.

— C'est mauvais, railla-t-il.

Charlie le répéta quand je repartis. Je savais que Charlie me taquinait, mais les doutes en moi étaient comme de l'acide grignotant mon contrôle de moi-même. Lors de la remontée suivante, j'aidai à marquer le but contre Stan, cette fois-ci tiré par Toly, qui se mit à genoux et glissa sur un tiers de la patinoire en guise de célébration.

— Relève-toi, crachai-je.

Il le fit, mais sans oublier de me balancer les morceaux de glace collés à son maillot. Salaud.

— Toly est bon Russe, résuma Stan.

Nous fîmes une nouvelle remontée. J'étais déterminé à lui marquer un but et nous allions à vive allure, visant le grand homme dans les filets. Je visualisai mon tir, je vis le palet dans le but. Je remontai, regardai Stan droit dans les yeux, la tête inclinée pour qu'il ait l'impression que je vise ses jambes, puis je tirai, directement au-dessus de sa tête. Je commençai à célébrer ma victoire, quand je me rendis compte que Stan tenait le palet dans sa main.

— Trop facile, me lança-t-il.

— On recommence, rétorquai-je à mes compagnons de ligne.

Même s'ils échangèrent un regard qui voulait tout dire sur moi et mon esprit tordu, ils se remirent en action. Nous patinâmes si rapidement vers Stan que je ne pus m'empêcher de m'écraser contre lui. Un homme normal aurait fini à plat ventre sur la glace. Un gardien normal ne tiendrait plus le foutu palet dans sa main gantée après avoir été renversé par terre.

Je repoussai son poids, qui m'écrasait la jambe et il roula loin de moi. On aurait dit qu'il était en train de rire.

— Tu es facile comme voiture cassée.

Dieu seul pouvait savoir ce que ça signifiait. Je m'en moquais. Je ressentais toute cette tension, depuis mon déménagement ici dans cet appartement pourri, quand j'avais dû embaucher une nourrice que je pouvais à peine payer, quand je devais m'inquiéter pour Noah et payer mon ex. J'en avais marre.

Tellement marre.

— Encore une fois.

Deux fois de plus, Stan m'arrêta. Il me lisait mieux que je ne pouvais me lire moi-même.

— C'est mal insister, m'informa Stan quand je cognai la vitre derrière le but.

Qu'est-ce qui clochait chez moi ? Pourquoi n'arrivais-je pas à mettre le but dans le filet ? J'avais battu des gardiens. Tellement de gardiens. J'étais un bon patineur, je travaillais dur, mes tirs étaient précis.

Je dérapai pour m'arrêter à côté de Toly et Charlie. Toly me montra l'horloge du doigt, mais ne dit rien. Nous devions quitter la patinoire.

— Une dernière fois, dis-je.

Ils ne me contredirent pas. Quelque chose en moi devait montrer à quel point j'étais concentré et nous recommençâmes. Mais cette fois-ci, ce n'était plus Stan dans le but, juste un gardien quelconque. Lorsque je pris la passe nette et précise de Toly, je visualisai le filet, pas le palet en train d'entrer, mais l'espace qu'il composait. Lorsque le palet quitta ma crosse, je sus qu'il passerait. Mon élan m'emmena jusqu'à lui et je glissai sur la gauche pour éviter de créer un sandwich avec Stan et le but. Je n'eus pas besoin de voir le palet entrer. Je le savais, voilà tout.

Charlie tapota la glace avec sa crosse, en guise de célébration, et me lança un large sourire.

— Maintenant, on peut y aller ? Toly n'a quelques heures pour se faire beau.

— Va te faire foutre, répliqua Toly sans animosité.

Ils s'en allèrent tous les deux. J'attendis Stan, rougi par le succès et un soupçon de fierté.

— Je le laissais entrer, déclara Stan en passant à côté de moi.

Mais je me retrouvai devant lui en un instant, l'empêchant de quitter la glace.

— Tu ne l'as pas laissé entrer. C'était un beau but.

Stan haussa les épaules.

— Je le laissais laissé entrer, répéta-t-il.

Tout se tenait entre nous, comme un mur de briques : le fait que je l'aie abandonné, que je ne l'aie jamais contacté par la suite, que j'aie choisi une femme plutôt que lui. Tout était là. Et je détestais chaque gramme de ce poids qui pesait entre nous.

— Je suis désolé, d'accord ? lui hurlai-je.

Il se contenta de me regarder, confus, puis d'acquiescer.

— Ne tire pas queue du tigre.

— Quoi ?

— Tigre. Sa queue.

Stan fronça les sourcils et marmonna quelque chose en russe.

— En colère, résuma-t-il.

Comme si cela m'aidait.

Sa phrase ne voulait rien dire et, frustré, je ne pus m'empêcher de tout déballer. J'appuyai une main gantée contre son torse et le poussai pour qu'il me sente bien.

— Que puis-je faire ? Pour tout arranger ?

— Temps, murmura Stan après quelques instants de réflexion. Beaucoup temps.

Je glissai sur le côté pour le laisser passer et il partit vers les vestiaires. Pendant une demi-heure, je décrivis des cercles lents et des huit sur la glace, attendant que le vestiaire se vide. J'étais tellement heureux qu'il n'y ait pas de cours pour enfants au Nouvel An. Cela voulait dire que j'avais la patinoire pour moi tout seul et que je pouvais réfléchir.

Lorsque je regardai Stan, je vis l'homme dont j'étais tombé amoureux, sa force, sa passion, sa véritable détermination. Il me manquait.

Le chagrin me picota tellement que je m'arrêtai près des panneaux de plexiglass.

— Tout va bien ? demanda quelqu'un.

Je levai les yeux et vis Pete, le gardien, me regarder comme si j'étais un extraterrestre.

Je soufflai en riant. Est-ce que j'allais bien ? Pas aujourd'hui, non, mais peut-être que Stan avait raison.

Avec du temps, peut-être que j'irais bien et que la culpabilité ne serait pas constamment mon amie.

— Je vais bien, mentis-je.

— Je crois qu'ils veulent fermer, me dit Pete.

— Ouais, pardon, dans trente minutes je suis parti.

— Pas de problème.

Lorsque j'allai dans les vestiaires, il n'y avait aucun signe de Stan, de Toly ou de Charlie. Je me douchai rapidement, enfilai des vêtements de ville et courus jusqu'à ma voiture.

J'avais besoin de passer du temps avec Noah. J'en avais tellement besoin.

———

AMY TENDIT les mains pour récupérer Noah. Elle avait insisté pour que j'aille à cette foutue fête depuis le moment où j'étais revenu jusqu'à maintenant. Je ne voulais pas lui donner Noah. Il était ma barrière contre le reste du monde et j'étais heureux, ravi, de rester simplement assis avec lui.

— Ça va aller pour nous, m'assura-t-elle.

Je le savais. Je lui faisais confiance. Elle m'avait été recommandée et je l'aimais bien. Elle était quelqu'un de bien pour Noah et moi, et le petit gars en avait besoin. Mais elle avait tort pour la fête. Après l'incident sur la glace, je n'avais vraiment pas hâte de sympathiser avec l'équipe.

Tout ça parce que je ne pouvais pas m'entendre avec Stan.

— C'est pour souder l'équipe, répéta-t-elle.

Encore.

Je le savais. Je le savais que c'était pour nous souder.

Enfin, qu'il y avait-il de mieux pour nous rapprocher que de boire comme un trou avec ses coéquipiers ? Je n'avais pas bu un seul verre depuis que Freja m'avait informé qu'elle était enceinte. D'abord, cela avait été à cause du choc qu'un coup d'un soir bien arrosé puisse aboutir sur un enfant, puis cela avait été par solidarité avec elle, et enfin, parce que j'avais été déterminé à être le père le plus responsable du monde. Maintenant, c'était parce que j'avais perdu l'habitude de me prendre une bière bien fraîche.

— Noah est fatigué, moi aussi, vous devez y aller.

Je regardai mon fils bel et bien éveillé, ainsi que ma nourrice tout aussi peu fatiguée et soupirai.

— Je vais prendre une douche, cédai-je à contrecœur.

Avant la douche, je devais d'abord me raser. Je me coiffai ensuite et trouvai un jean propre et présentable, ainsi qu'une chemise d'un rouge foncé. Ce ne fut que lorsque je passai devant le miroir que je me rendis compte de ce que j'avais fait. Je n'étais pas mal, même à mes yeux, mais l'avais-je fait pour Stan ou pour l'équipe ?

Peut-être juste pour moi ?

J'embrassai Noah, jouai un peu avec lui et il laissa enfin échapper un minuscule bâillement.

Je tendis à Amy la carte que Liza m'avait donnée, disant que je lui expliquerai le lendemain, mais qu'il s'agissait de renforts pour elle. Elle répondit simplement qu'elle avait mon numéro de téléphone portable et ajouta que ce n'était pas parce qu'elle avait eu une intoxication alimentaire une fois que cela se reproduirait.

— Je passerai un coup de fil, dis-je en franchissant la porte.

Elle me la ferma au nez et j'en avais plus ou moins

besoin. Parce que rester devant chez moi, à débattre si je devais y aller ou non, avec la porte grande ouverte, n'était pas une bonne chose.

Ma voiture démarra du premier coup. Il ne neigeait pas, donc j'arrivai chez Stan en peu de temps. Il avait la maison typique d'un joueur de la LNH mieux payé que moi, avec des portails, de grands murs et de grands espaces libres pour les voitures. Il n'y en avait pas beaucoup à ce moment-là, mais je savais que la plupart de mes coéquipiers prenaient un taxi et d'autres allaient rester toute la nuit.

Pendant un moment, je restai assis dans ma voiture, à lever les yeux vers la maison. On ne tire pas un tigre par la queue. J'avais cherché ce que cela signifiait, ou du moins, j'avais tenté de découvrir ce que Stan avait voulu dire. Il ne fallait pas mettre Stan en colère, sinon cela pourrait se retourner contre moi. C'était la seule définition que je pouvais établir.

Si seulement je pouvais revenir à l'année dernière. Au lieu de partir simplement, je me serais davantage expliqué, j'aurais dit ce qu'on attendait de moi et comment je me sentais.

Je serais tout de même parti, mais au moins, mon cœur n'aurait pas eu l'air si amoché.

On frappa bruyamment sur ma vitre, ce qui me fit tellement sursauter que je me cognai la tête contre le toit de la voiture.

— Belle façon de me provoquer une commotion, crétin, dis-je à Arvy en ouvrant la porte.

— Ramène tes fesses à l'intérieur… ça caille, ici.

Donc je m'exécutai. J'entrai avec Arvy. Stan était là, donnant l'impression qu'on venait tout juste de le sortir d'un magazine de mode. Il était tellement magnifique que je faillis me mettre à genoux rien qu'en pensant à ce que j'avais perdu à cause de la décision que j'avais prise.

— Vodka, annonça-t-il en nous donnant un verre à chacun. *Na Zdorovie*. Buvez.

Et pour la première fois depuis longtemps, je bus.

Stan

—————

— QUELLE EST LA DIFFÉRENCE ENTRE UN POINT G ET UNE balle de golf ? cria Adler par-dessus la musique rap tambourinante que quelqu'un avait lancé.

Qui avait fait ça ? Qu'est-ce qui n'allait pas avec Elvis ? Argh. Malpolis. Je haussai les épaules, puisque je ne savais pas ce qu'était un point G. Ma sœur commença à ricaner. Arvy continuer de la regarder fixement. Il le faisait depuis une heure, depuis qu'il était arrivé avec Erik. Mes yeux n'arrêtaient pas de se poser tour à tour sur Adler et Erik, qui parlait avec Dieter et Trent près du buffet.

— Un mec va vraiment chercher une balle de golf.

Galina rejeta la tête en arrière et rit de bon cœur. Je gloussai pour être poli. Adler leva les yeux au ciel.

— Tu n'as pas compris ? s'enquit Adler.

Galina me tapota le biceps.

Je haussai les épaules.

— Je ne suis pas sûr de savoir ce qu'est le point G, avouai-je.

Ma sœur se mit sur la pointe des pieds et me chuchota

à l'oreille ce qu'était le poing G et où il se trouvait. Je sentis mon visage se réchauffer, ce qui fit à nouveau rire ma sœur.

— Mon frère a toujours été timide quand il s'agit des parties féminines, expliqua-t-elle en souriant.

Arvy la regardait ouvertement. Je jetai un coup d'œil par-dessus la tête de ma sœur et vis Erik s'éloigner de Trent et Dieter pour monter à l'étage.

— Raconte plus de blagues. Elles sont amusantes. Ah !

Je contournai Adler, restant concentré sur Erik. Il grimpait rapidement les escaliers. Allait-il chercher son manteau dans la chambre d'amie bleue et s'en allait ? Pourquoi ? Je ne lui avais lancé aucun regard noir. Passant à côté du grand sapin, j'attrapai le cadeau que j'avais précipitamment acheté pour son bébé et je le suivis. Tennant et Jared me ralentirent près du buffet, me demandant où était le hareng mariné, pourquoi il y avait autant de salami et quelle était cette salade de betteraves et de pommes de terre à l'huile d'olive. Je leur répondis précipitamment, aussi gentiment que possible, puis courus en haut des escaliers, mon cadeau en main.

Je vérifiai toutes les chambres et ne le trouvai pas. Quittant la mienne, je tombai sur lui dans le couloir, alors qu'il quittait la salle de bain. Ses yeux verts s'embrasèrent quand il me vit.

— Jolie salle de bain, déclara-t-il avant de montrer la pièce.

— Oui. Toilettes sont bien.

Pff. C'était stupide.

— Et lavabo, ajoutai-je. Lavabo est bien.

— Ouais, je les ai vus aussi. Écoute, Stan…

Je lui tendis la boîte avec le papier argenté et le nœud rouge.

— C'est pour nouveau bébé.

— Noah. Il s'appelle Noah.

— Oui, je sais que c'est Noah. Joli nom.

Je secouai le cadeau. Il resta planté là à le regarder comme s'il s'agissait peut-être d'un piège à loup.

— Prends-le.

— Je ne suis pas sûr que je devrais.

Il enfonça ses mains dans les poches avant de son jean.

— Enfin, c'est vraiment sympa et tout…

— Prends-le. Notre mauvais passé veut pas dire que bébé n'a pas droit au cadeau.

Il redressa les épaules. La chemise qu'il portait glissa légèrement, me laissant apercevoir sa clavicule. Elle était aussi belle que dans mon souvenir. Couverte de peau délicate qui s'ecchymosait rapidement si on la suçotait suffisamment longtemps et avidement.

— Il a eu ses cadeaux la semaine dernière.

— Alors il a encore plus.

Je collai cette foutue boîte contre son torse.

— Pourquoi tu es si stupide ? Prends cadeau pour Noah. J'ai du mal à faire shopping avec tête en vrac.

Il se pinça les lèvres.

— Stan, j'apprécie, mais j'ai acheté des cadeaux à mon fils pour Noël. Il a ce qu'il faut.

— Il a pas ce qu'il faut avant d'avoir… c'est ça, avant d'avoir mon… mon cadeau, qui rend bébés heureux. Tu es… pourquoi tu es toujours… stupide enculé de maïs !

Erik ricana. Mon cerveau comprit ce que je venais de dire et je me sentis encore plus incapable et maladroit.

— Enculé de maïs ?

Il ricana légèrement. J'étais incroyablement énervé de l'entendre se moquer de moi, comme il l'avait probablement fait le jour où il m'avait abandonné. Il s'était moqué de ce gros lourdaud de Russe qui était tombé amoureux si brutalement et si passionnément.

— J'ai trop envie de toi ! hurlai-je.

J'attrapai une poignée de ses boucles dorées et l'attirai contre moi, ma bouche s'écrasant sur le sienne. Je l'embrassai brusquement, violemment, furieusement. Il se raidit, puis s'appuya contre moi. Juste légèrement. Si ce baiser avait été au début fait pour le blesser, il se transforma en quelque chose fait par pur plaisir. Ses lèvres s'adoucirent et il ouvrit la bouche. Je me plongeai profondément en lui. Erik gémit doucement quand ma langue glissa sur la sienne. Son goût brûla en moi, même si j'avais cru que ce feu était éteint depuis longtemps. Ma poigne sur ses cheveux se raffermit… puis Anatoly beugla mon nom.

Je titubai loin d'Erik, mes doigts glissant de ses cheveux, mes lèvres mouillées à cause de notre baiser.

— Stanislav ! Viens briser le sceau de la vodka ! rugit Toly sous les cris de nombreux Railers présents.

Je lançai le cadeau à Erik et descendis les escaliers quatre à quatre, le visage rougi. On me tendit la bouteille de *Beluga Noble* et je craquai le sceau en tirant plusieurs fois dessus. Les exclamations s'élevèrent. Anatoly ouvrit la deuxième bouteille et je bus également une gorgée de celle-ci. Je continuai ensuite à boire dans chaque bouteille qui fut ouverte dans l'heure suivante, dans l'espoir de ne plus jamais ressentir la chaleur du baiser d'Erik. Cela ne fonctionna pas. La vodka me pesa sur l'estomac, ne faisait rien pour étouffer la douleur dans ma tête et dans mon cœur. Je pris shot après shot, les yeux rivés sur Erik quand on lui donna un verre. Il restait près des murs, s'éloignant un peu de la fête, et me jetant des coups d'œil de côté.

Il goba la vodka comme un professionnel, puis prit un autre shot. Je sirotai mon verre suivant, mon attention portée sur mon ex-amant lorsqu'il commença à parler plus bruyamment et à agiter ses bras avec plus de passion. Je n'avais jamais vu Erik éméché. Pendant notre été à Helsinki, il n'avait pas bu d'alcool. Bien sûr, pendant un entraînement rigoureux, boire serait stupide, mais même lors des rares soirées en extérieur, il buvait très peu. J'appréciais une petite vodka à l'occasion, comme pendant les fêtes ou les célébrations, ou lorsque j'essayais de noyer la confusion provoquée par Erik.

Une autre heure s'écoula. Il avait bu un shot de plus, accompagné d'une bière que Tennant lui avait donnée. Les invités partaient, maintenant qu'il était plus de deux heures du matin. Galina et Anatoly ramenaient Arvy chez lui. Cet idiot avait essayé de boire shot après shot, autant que ma sœur, et il était torché, pour citer Adler.

— Merci pour cette merveilleuse soirée, dit Trent en me baisant les joues.

Je me raidis, puis serrai la main de Dieter.

— Est-ce que quelqu'un s'occupe de Tête Bouclée là-bas ?

Trent me montra Erik du doigt, allongé sur le canapé, se parlant à lui-même en mettant une bouteille de bière en équilibre sur son nez. Ou en essayant.

— Je vais m'occuper de lui, dis-je à cet homme minuscule avec sa grande personnalité.

Trent me regarda lentement, même si ses yeux étaient alourdis par le maquillage. Puis il me fit un clin d'œil.

— Sois gentil. Il a l'air délicat.

Sur ces mots, l'homme au costume rose et prune me tapota le biceps et s'accrocha au bras de son petit ami, avant de guider Dieter dans le froid mordant de la nuit.

La maison était un véritable chaos. Une entreprise de nettoyage viendrait demain pour s'occuper du carnage. J'enjambai des assiettes en carton et des bouteilles de bière en avançant vers le canapé. Erik cligna des yeux en me regardant, la bouteille verte chancelant sur son visage.

— Je suis un phoque, gloussa-t-il avant de hurler comme l'un d'entre eux.

— Tu es idiot bourré, dis-je.

Puis je me baissai vers lui pour le relever.

— Je ne suis pas bourré. Je suis pompette. Arrête de me tirer. Je peux marcher.

La bouteille roula sur son torse pour rejoindre les autres, par terre.

— Il reste du salami ?

Il s'épousseta et tituba vers le buffet.

— Tout a été mangé, lui expliquai-je.

Je le pris par le bras et le guidai vers les escaliers.

— Tu dors là. Je veux pas que toi conduis, tu risques d'embrasser panneaux stop.

— Je n'embrasse que les gardiens russes.

Il ricana et réussit à trébucher dès le premier pas.

Je levai les yeux au ciel et le soulevai, le passant sur mes épaules comme un sac à patates, et je grimpai les marches jusqu'au deuxième étage.

— Oh, waouh, j'adore la vue. On t'a déjà dit que tes fesses étaient aussi fermes qu'une tortue ?

— Tu es bourré. Arrête de raconter des âneries.

Il me tapota les fesses, cria comme un âne, gloussa et se ridiculisa pendant tout le trajet jusqu'en haut des escaliers et dans la chambre d'ami, à côté de celle de Galina. Je voyais pourquoi il buvait rarement. Il ne tenait pas l'alcool.

Je le laissai tomber sur le lit double et il roula simplement dessus, se fichant d'avoir quitté mon épaule.

— Où sont passées tes fesses ?

Il ricana tandis que je m'agenouillai pour lui retirer ses chaussures.

— Au même endroit que d'habitude.

Je lui arrachai une chaussure, puis l'autre, et posai ses jambes tremblantes sur le lit.

— Je dois rentrer à la maison. Retrouver Noah.

— Noah est avec nourrice. Tu conduis pas.

Je me levai et me penchai au-dessus de lui pour fouiller ses poches de pantalon à la recherche de ses clés.

Il me claqua une main sur la nuque. Je jetai un coup d'œil aux draps bleus luxueux et découvris que ses yeux de jade étaient rivés sur moi.

— Je suis tellement désolé, Stan. De t'avoir laissé… de t'avoir blessé.

Ses doigts s'enfoncèrent dans ma nuque. Je fus figé sur place, à cause du choc. Il n'avait pas peur que je m'éloigne. Je ne pouvais pas le faire.

— Elle a dit qu'elle se débarrasserait de lui et qu'il n'y aurait pas de Noah.

Sa poigne se desserra, ses doigts glissant sur mon cou, de mon oreille à ma mâchoire.

— J'aurais aimé vous avoir tous les deux. Je n'ai jamais arrêté de tenir à toi… Je n'ai jamais arrêté de te vouloir… Je n'ai jamais arrêté…

Ses yeux se fermèrent. Sa main glissa de mon visage et il commença légèrement à ronfler.

Je quittai la chambre dans un brouillard, mon esprit troublé. Même une heure plus tard, alors que je roulais d'un côté et de l'autre, et que Galina était rentrée et s'était couchée, mes pensées continuer de tourbillonner à toute vitesse. Je n'arrivais à penser qu'à la vie, au destin et à la chance.

À l'époque, avant l'arrivée du christianisme en Russie, beaucoup vénéraient les anciens Dieux. Parmi eux se trouvait Ustrecha, la déesse de la chance. Tandis que la Terre continuait de tourner autour du soleil, je restai allongé là à penser à la chance et au destin. Était-ce la chance qui nous avait réunis tous les deux, Erik et moi, pendant cet été long et chaud ? Oui, probablement. Et était-ce le destin qui l'avait fait s'éloigner ? Les anciens Dieux russes avaient-ils tracé sa vie et avaient-ils vu qu'il devait être avec la mère de son fils pour le créer ? En sachant cela, me l'avaient-ils arraché ?

Tenait-il toujours à moi ? Me voulait-il toujours ? Osais-je même penser à de telles choses ?

Je me glissai hors du lit quand le ciel était toujours noir. J'attrapai mon téléphone et les clés d'Erik, puis passai à côté des fêtards endormis. Je partis dans la cuisine, jetant un coup d'œil à l'horloge sur le mur. Quatre heures cinq. La cuisine était la seule pièce propre de la maison, donc je m'y installai, préparant du café et m'asseyant au grand îlot au milieu de la grande pièce. Ses clés et mon téléphone étaient posés près de ma tasse de café. Je m'assis sur un tabouret et but mon breuvage, me demandant si Ustrecha jouait avec moi et Erik en ce moment. Les anciens Dieux aimaient jouer avec les gens. C'était bien connu. Je bus toute la cafetière, en préparai une autre, mangeai quelques tartines, puis retournai à ma place pour regarder le soleil rose dans le ciel hivernal, mes pensées toujours brouillonnes.

— Salut.

Je jetai un coup d'œil par-dessus mon épaule en direction d'Erik. Il ressemblait au fond de toilettes bien usées. Ses boucles étaient emmêlées, ses yeux rouges, sa chemise froissée et son pantalon remonté.

— J'ai besoin de mes clés.

— D'abord, tu manges. Ensuite, je te donnerai les clés.

— Je dois rentrer à la maison pour retrouver Noah.

— Tu dois manger. Il faut pas que police t'arrête avec alcool dans sang. C'est mauvais pour Noah si tu te fais arrêter.

Erik refusa d'argumenter après cette bonne remarque.

— Je me suis réveillé et je ne savais pas où j'étais, répondit-il à la place.

— Assieds-toi. Tu as une tête toute sale.

— Tu veux dire que j'ai une sale tête.

Je me levai et il s'assit, laissant tomber son front contre l'îlot central en marbre froid, puis gémissant. Je souris de sa douleur. J'avais déjà connu ça de nombreuses fois.

— J'ai préparé nourriture pour nous. Beaucoup d'œufs et pain de mie complet.

— Ton anglais est bien mieux que la dernière fois que nous avons… enfin, la dernière fois que nous étions… merde.

J'acquiesçai et continuai à rassembler les ustensiles de cuisine.

— Oui, il est mieux. Il est bon maintenant. Branché et cool.

Erik sourit avant de grogner.

— Tu as de l'aspirine ?

— C'est clair que t'es pas Russe.

Je laissai la poêle et les œufs un moment. Je gardais l'aspirine dans le placard des verres, pour que mes douleurs et mes courbatures du hockey soient soignées dès que je rentrais. Parfois, mes hanches me faisaient mal. Je fis tomber deux cachets blancs dans ma paume, lui servis un café, et contournai l'îlot pour les lui mettre dans la main.

Il leva la tête et sourit, faisant passer les deux cachets avec du café noir.

Lorsqu'il les eut avalés, il me tendit la tasse. Je restai là un long moment, sa tasse dans ma main, mon regard rivé sur son beau visage. Oui, il était toujours beau pour moi, même en ayant l'air d'un poisson pas très frais.

— Tu te souviens ce que tu dis hier soir ? dus-je lui demander.

Ses mots avaient résonné autour de ma tête, comme un petit pois seul dans sa cosse. Tant de choses me troublaient. Son aveu selon lequel il tenait toujours à moi. Lui qui me disait que sa copine se débarrasserait du bébé. Qu'est-ce que ça voulait dire ? Que Noah aurait fini à l'adoption ? Qu'elle se serait fait avorter ? Tant de questions avaient besoin de réponses.

— Ce que tu dis à moi ? Que tu es désolé ? Que tu tiens toujours à moi ? Tu me veux ? C'est la vérité ?

— Oui, c'est la vérité.

Je pouvais toujours sentir le contact des anciens Dieux qui me prenaient entre leurs mains. Je posai la tasse sur l'îlot de cuisine et tendis la main vers lui, sa nuque toujours froide sous mes doigts chauds. Erik s'approcha de moi sans résistance, peut-être même avec impatience, glissant du tabouret quand je guidai sa bouche vers la mienne. J'ignorais totalement pourquoi j'étais en train de faire ça, mais j'avais l'impression que c'était normal, comme prédestiné. Même béni par le destin. Il se leva légèrement sur la pointe des pieds. Je me laissai glisser, mes fesses contre l'îlot et sa langue cherchant la mienne. Mes doigts remontèrent dans ses cheveux. Ces boucles glorieuses s'enroulèrent autour de ma main quand je suçotai sa langue, avant de lui arracher un grognement que je n'avais pas entendu depuis notre séjour à Helsinki. Le bruit du plaisir m'incendia. Le désir se précipita dans mes veines, faisant rapidement épaissir mon sexe.

Erik était docile dans mes bras. Je l'attirai contre moi quand je passai de sa bouche à son long cou immaculé. Je le mordillai, prenant de petits bouts de cette peau tendre entre mes dents. Il trembla et se tortilla, son pénis roula au-dessus du mien. Je pris une chaude inspiration. Erik s'agrippa à mes flancs, ses doigts s'enfonçant dans mes côtes.

— Bel homme de mes rêves, murmurai-je.

Puis je bougeai à un autre endroit : cette clavicule alléchante que j'avais brièvement vue hier soir. Je tirai le col de sa chemise, ouvrant un bouton. Il tournoya dans mes bras, ses mains serrant maintenant mon corps.

— Dis-le en russe, haleta-t-il.

— *Moy prekrasnyy chelovek mechty*, soufflai-je.

Puis je mordillai sa clavicule. Il essaya de m'attirer plus près de lui, mais il ne restait plus aucun espace entre nous. Je le retournai, son pied ou peut-être sa jambe se prenant dans le tabouret qui tomba par terre. Ses fesses heurtèrent l'îlot central. Il grogna. Je continuai de suçoter son épaule et son cou, mordillant sa clavicule, me rappelant à quel point sa peau était délicieuse.

Il me toucha d'abord, laissant pénétrer une main dans mon pantalon de survêtement pour trouver ma verge. Je roulai des hanches dans sa poigne, mes poings maintenant serrés autour de ses cheveux.

— Déshabille-toi. Prends-nous tous les deux dans ta main, chuchotai-je à son oreille.

Je tirai sur le lobe avec mes dents.

— Oh merde, merde, merde.

Erik fit ce que je lui avais dit. Mes genoux faillirent céder quand son membre se posa contre le mien dans sa main.

— Embrasse-moi. Embrasse-moi violemment.

Je quittai son oreille et couvris sa bouche avec la mienne, donnant des coups de rein dans sa poigne ferme, fou d'envie. Il agrippa brusquement ma hanche avec sa main libre, le bout de ses doigts mordant douloureusement ma chair. Il était peut-être plus petit que moi, mais il était tout de même viril. Je porterais les marques de ce moment, tout comme lui. Cette pensée m'enflamma encore davantage et je plongeai plus profondément dans sa bouche quand il donna des coups de rein et serra nos verges. Mon orgasme me submergea rapidement, tout comme le sien. Il jouit un instant avant moi, sa semence recouvrant sa main. Ce lubrifiant et cette chaleur me firent jouir quand j'imaginai que sa main était en fait ses fesses, se resserrant autour de moi quand il haletait et frissonnait.

Nous suivîmes la vague de nos orgasmes, sa main s'agrippant et appuyant nos sexes l'un contre l'autre, faisant des va-et-vient jusqu'à ce qu'il ne reste que nos corps tremblants. Il posa son front contre mon épaule, mon nez plongé dans la masse épaisse de ses boucles dorées. J'ouvris les yeux et vis le soleil filtrer entre les arbres, étincelant sur nous, la réalité s'insinuant dans notre nuage d'envie et de sexe qui s'attardait dans ma cuisine.

Je m'éloignai, ses doigts quittant nos verges mouillées, ouvrant lentement les yeux, me montrant ses beautés émeraudes satisfaites. Je me perdais toujours dans ces iris. Que devais-je faire, maintenant ? L'embrasser ? Le virer de chez moi ? L'emmener dans mon lit pour le reste de la journée ? L'insulter ? J'étais troublé, hésitant, effrayé des émotions qui essayaient de me submerger.

— Mangeons œufs, maintenant.

J'avançai vers l'évier, me lavant vigoureusement les mains.

— Stan…

Je l'entendis prendre de l'essuie-tout sur l'îlot central.

— Mangeons œufs, maintenant.

Je fermai le robinet, saisis le bord de l'évier, inspirai et expirai plusieurs fois. J'entendis ses clés cliqueter et me tordis le cou pour regarder dans sa direction. Il s'était rhabillé, avait remonté sa braguette et avait remis sa chemise dans son pantalon. Il avait aussi belle allure que n'importe quel homme ayant dormant dans ses vêtements.

— Je vais y aller, maintenant. Je vais prendre un taxi et je vais juste… C'était… Je dois rentrer à la maison pour retrouver Noah.

— Vas-y, alors.

Je détournai le regard et rivai mes yeux sur les bulles dans l'évier.

— Je viendrai récupérer la voiture à un autre moment. Stan…

— Vas-y. Maintenant. Vas-y. Je suis… C'était nul et stupide. Œufs seraient encore pire.

Il partit sans répondre. Je restai planté là, regardant les bulles disparaître dans l'évier, jusqu'à ce que l'équipe de nettoyage arrive. Je me demandai s'ils pouvaient également mettre de l'ordre dans ma vie, en même temps que dans ma maison.

NEUF

Erik
_____

JE NE POUVAIS M'EMPÊCHER DE PENSER QUE CURIEUSEMENT, À un certain moment, j'avais tout gâché hier soir. Après ce qui s'était passé entre nous à Helsinki, n'aurions-nous pas dû être capable de parler ? J'aurais pu lui expliquer pour Freja, avec davantage de détails, j'aurais pu parler de sa carrière et du fait qu'elle ne voulait pas du bébé, des choses que j'avais décidées quand elle me l'avait dit.

Mais nous étions redevenus nous-mêmes, nous tombant dessus comme des animaux affamés et il n'y avait eu aucune discussion. Rien de plus explicite qu'une respiration difficile et des jurons.

Et puis les œufs ? C'était quoi ce délire ? J'aurais dû rester, j'aurais dû lui demander pourquoi il s'était retourné. Était-il dégoûté ? Se sentait-il coupable ? Ou simplement furieux ? Je devais parler à quelqu'un. Quelqu'un qui n'avait pas neuf mois et qui voyait ses premières dents pousser. Il n'y avait pas de match aujourd'hui, et pas d'entraînement, même optionnel, mais nous retournerions à la patinoire le lendemain matin pour nous entraîner et nous allions repartir sur la route pour des matchs à l'extérieur le jour suivant.

Sur la route. Sans Noah, mais constamment avec Stan et ce mur étrange et impénétrable entre nous.

Je devais parler à quelqu'un.

Freja n'était pas là. Elle se trouvait quelque part au Brésil, travaillant sur sa première découverte capitale là-bas, apparemment, et c'était la raison pour laquelle elle ne m'avait pas contacté pour rendre visite à Noah à Noël. Non pas que je m'étais attendu à ce qu'elle le fasse. D'après ce que je savais, elle avait eu Noah, et maintenant, c'était à moi de m'en charger.

Arvy était ma meilleure chance. Il connaissait ma ville, ma famille, la façon dont j'avais vu le mariage de mes propres parents s'effondrer et comme j'avais voulu mieux que ça pour Noah. Il comprendrait.

Il était également célibataire et avait probablement la gueule de bois, donc il serait chez lui et serait une cible facile. Je changeai la couche de Noah, lui enfilai des couches de vêtements, ainsi que son manteau lapin en fourrure, avant d'appeler un taxi. Peut-être que c'était la meilleure chose à faire. J'allais parler à Arvy, m'éclaircir les idées, puis prendre un autre taxi, ou Arvy me déposerait chez Stan pour que je puisse récupérer ma voiture. Si j'avais le bon timing, je pourrais peut-être également parler à Stan.

Ou manger des œufs ou un truc du genre.

J'envoyai un message à Arvy pour lui demander son adresse. Il répondit immédiatement et il y eut un second message. *Pourquoi* ? Trop tard. J'avais l'adresse, j'avais commandé un taxi, donc Noah et moi étions sur la route pour un trajet de treize kilomètres jusqu'à chez Arvy.

L'homme qui m'ouvrit la porte n'était pas celui à qui je m'attendais. Enfin, c'était Arvy, mais il n'avait pas les yeux vitreux, ni la gueule de bois. Il était en forme et de bonne humeur, il suintait tout un tas de choses comme la bonne santé et la joie.

— Entre, entre, dit-il.

Il me prit Noah des bras, faisant ce pas en arrière compliqué pour faire voler Noah, ce que celui-ci adora puisqu'il gloussa bruyamment.

— Alors, Maître Noah, j'ai beaucoup de choses qui pourraient te tenter.

Il ouvrit la porte de son immense frigo qui, au premier coup d'œil ne contenait que de la bière et des cannettes de boissons énergisantes.

— J'imagine qu'on va devoir demander à papa s'il t'a apporté de quoi goûter, mon petit mec.

Ce flot de suédois était trop bruyant pour moi, mais Noah, qui était habitué à tout un méli-mélo d'anglais et de suédois, babilla et agita ses mains en direction d'Arvy.

— J'ai de quoi grignoter, dis-je.

Je lui tendis une banane. Arvy la regarda, puis observa Noah, troublé. Je repris immédiatement la banane, ouvrit les placards, trouvai un bol en plastique et coupai le fruit en minuscules morceaux que le petit pouvait prendre avec ses doigts. Il n'y avait pas de chaise haute ici, mais entre nous, nous fîmes un nid de coussins qui, d'après Arvy, n'étaient pas chers et pourraient être remplacés.

Puis, avec un café et des biscuits qu'il avait au fond d'un placard, nous nous assîmes sur des fauteuils face à face.

— Comment tu survis ? demandai-je en montrant le frigo.

— Je commande à manger quand je ne mange pas à la patinoire. Mais je ne prends pas de la merde. Il y a un bar à salade qui livre et il n'est qu'à quelques kilomètres d'ici. Enfin, tu n'es pas ici pour m'interroger sur le contenu de mon frigo.

— C'est juste que je n'ai pas encore beaucoup d'amis à Harrisburg que tu es le meilleur que j'ai. J'avais besoin de quelqu'un pour m'écouter.

— Ce n'est rien. Mais je peux commencer ?

Arvy se redressa et croisa ses jambes, son café dangereusement sur le point de terminer sur le tapis épais couleur crème.

— Je crois que j'ai envie de quelqu'un.

Je clignai des yeux.

— De qui ?

— Je l'ai rencontrée hier soir. Elle a de beaux cheveux bruns et de magnifiques yeux gris, et son sourire… Elle est belle.

Ah. Si je n'avais pas été plus malin, j'aurais pensé qu'il décrivait Stan, mais je me rendis alors compte de la personne dont il parlait.

— La sœur de Stan ?

— Tu l'as vue, non ? Tu crois que je devrais lui demander de sortir avec moi ? Stan me tuerait, non ?

— Il aime sa sœur, répondis-je.

Je le savais, parce que c'était ce qu'il m'avait dit l'été dernier. Il ne me l'avait pas *vraiment* dit exactement, mais il souriait à chaque fois qu'il mentionnait son nom. C'était un Russe passionnément possessif. Galina était sa sœur. Arvy était joueur de hockey, même s'il était riche. Ça n'allait pas bien finir.

— Je crois que je vais lui demander de sortir avec moi,

si je peux, alors pas touche, d'accord ? Tu es peut-être célibataire pour le moment, mais je l'ai vue en premier.

Il plaisantait, mais je reconnus quelque chose dans son regard. Une connexion. Je m'étais tellement perdu en pensant à Stan et en buvant jusqu'à l'ivresse que j'étais clairement passé à côté d'Arvy et Galina qui flirtaient. Ce que je voyais en Arvy, c'était l'attirance d'un homme mature, pas un petit lien futile qui ne durerait pas.

— Elle est sympa, dis-je, mais je dois d'abord te parler, si tu as le temps.

Je me rendis compte que je lui donnais toutes les occasions possibles de ne pas me parler. Il se contenta de s'enfoncer dans le canapé et d'attendre. Noah s'était assoupi, face à moi, de la banane écrasée dans les motifs cousus sur l'un des coussins.

— Alors, Noah était un accident.

Je n'étais pas certain de savoir pourquoi j'avais commencé par-là, mais l'explication devait bien commencer quelque part.

— Il est le fruit d'un coup d'un soir lorsque j'avais trop bu. J'avais rencontré Freja deux fois avant et qui sait, peut-être qu'on aurait pu sortir ensemble, mais nous sommes passés directement au sexe et bon sang…

— Pourquoi tu me racontes ça ? s'enquit Arvy d'une voix sérieuse.

— Parce que c'est la raison pour laquelle je me suis marié, d'accord ? Parce qu'elle est venue me voir pour avoir de l'argent et se faire avorter. J'allais lui donner et je me suis rendu compte que je ne pouvais pas. Alors on a trouvé un arrangement. Elle est allée au terme de sa grossesse et je suis papa célibataire, maintenant.

— Je le répète, Erik, pourquoi me racontes-tu tout ça ?

Noah marmonna et cligna des yeux. Je le pris dans mes bras, avec la banane et tout, le serrant contre moi. Il agita la tête plusieurs fois avant de se rendormir.

— À cause de Stan. Parce qu'entre une nuit avec Freja et le mariage, il y a eu Stan.

— Au camp d'entraînement, tu veux dire ? Tu as rencontré Stan là-bas ? Je le sais. Quand je l'ai rencontré, moi, je ne comprenais pas un mot de ce qu'il disait.

— Non, j'étais… avec Stan, nous avions une…

Quel mot résumait ce que nous avions eu ? Une relation ? Un sex-friend ?

— … Un truc.

Je finis comme d'habitude, de façon pathétique et peu enthousiaste par qualifier horriblement ce qui avait été la connexion la plus intense que j'avais jamais ressentie de ma vie. La même connexion qui ne m'avait jamais quitté.

— Il est ton… Tu veux dire… Nom de Dieu, c'est quoi le problème de cette équipe ?

Il plaisantait pour contrebalancer le sérieux soudain de ce qui venait d'être révélé.

— Je te fais confiance là-dessus, parce qu'on a grandi dans la même ville, que nous sommes amis et que tu me connais.

Arvy acquiesça, puis secoua la tête, comme s'il n'arrivait pas à se décider.

— Clairement pas autant que je le pensais.

— On s'est séparé, Stan et moi. Ce n'était censé durer que pour un été, et puis ça se serait terminé. C'était une question de proximité. Seulement, je suis tombé amoureux, lui aussi, mais je l'ai quitté.

— Laisse-moi reformuler.

Arvy se redressa à nouveau, son trouble évident.

— Tu es tombé amoureux et tu l'as quitté ? Pourquoi tu…

Il se tut et j'attendis qu'il comprenne. Ce qui arriva rapidement, puisqu'Arvy était toujours extrêmement malin.

— Parce que tu as appris que tu allais devenir père et tu as décidé de faire quoi ? Ce qui était honorable ? Nom de Dieu, Erik. Tu n'étais pas obligé de te marier.

— Si. Noah le méritait.

— Parce qu'il mérite des parents divorcés maintenant ?

Sa réflexion était douloureuse à accepter, puisqu'aucun enfant ne méritait une famille malheureuse, même si c'était trop souvent le cas. Mon enfance n'avait pas été la plus joyeuse à cause de mes parents, mais j'avais le hockey, mes amis, et maintenant, j'avais Noah donc j'étais déterminé à faire ce qu'il fallait pour lui.

— Est-ce que je dois tout raconter à Stan ? Tu as joué avec lui toute la saison, tu le connais mieux que moi.

Arvy haussa un sourcil.

— J'en doute.

— Crétin, tu sais que je ne le disais pas dans ce sens-là.

— Dans cette équipe, qui peut le savoir ? marmonna Arvy.

Je l'ignorai.

— D'abord, je pense que je devrais tout lui expliquer. Ensuite, je me demande si j'ai envie de le retrouver, même s'il voulait de moi ? Après tout, il était heureux que je le quitte. Et si l'été qu'on avait passé ensemble était un coup d'une fois, une relation qui avait toujours eu pour vocation de s'achever quand nous aurions quitté le camp ?

— Nom de Dieu.

Arvy se releva et s'étira.

— Je crois qu'on a besoin d'une bière dit-il.

— Il est onze heures.

— Il est dix-sept heures quelque part.

— Pas pour moi, merci.

— Du Sprite, alors. Tu aimes cette merde.

Il était déjà au niveau du frigo, et j'eus l'impression que la conversation s'achevait selon ses termes.

— Arvy ? Qu'est-ce que je fais ? demandai-je.

Je détestais remettre toute la responsabilité sur lui. Il se figea, la porte du frigo ouverte et dos à moi. En soufflant lourdement, peut-être agacé, il se tourna vers moi.

— Tu rends visite à Stan et tu lui dis ce que tu m'as raconté, mais avec des mots d'une syllabe quand c'est possible et avec l'aide d'un diagramme. Qu'est-ce qui t'en empêche ?

Savoir qu'il pourrait me dire de partir, parce que l'été dernier ne signifiait rien pour lui. Même s'il m'avait embrassé, même plus que ça, et qu'il avait touché mes cheveux comme s'il tentait de retrouver ses souvenirs.

— Je ne sais pas, mentis-je.

— Tu veux que je te dise de ne pas y aller ?

— Peut-être ? Non. Oui. Je ne sais pas.

Arvy posa les canettes non ouvertes sur le comptoir et pris ses clés.

— Viens, je vais t'emmener.

— Quoi ? Maintenant ?

— Tu veux attendre demain, pour trouver plus de raisons de ne pas lui expliquer, sans parler du fait qu'on a entraînement et qu'on se prépare pour un déplacement ?

— Non. Oui.

— Décide-toi.

Je me levai, maladroitement, Noah toujours endormi

dans mes bras. Stan n'était peut-être même pas chez lui et il y avait les matchs en extérieur. Peut-être pouvais-je éviter de lui parler jusqu'à ce moment-là. Voulais-je savoir ce qu'il ressentait maintenant ? Voulais-je essayer de le convaincre que nous pouvions nous laisser une chance ? Hier soir, il m'a embrassé, il m'a fait prendre mon pied et il avait tellement envie de moi qu'il tremblait de désir.

Le sexe avait toujours été bon, explosif. Suffisant pour me faire oublier mon propre nom. Je baissai les yeux vers un Noah endormi.

Alors, je vais chez Stan et je lui dis tout, et même ce que je recherche ?

Le pardon ? Des bras ouverts ? Un autre papa pour Noah ?

J'ouvris le sac du bébé et sortit des lingettes, nettoyant Noah et vérifiant sa couche. Cela me laissa le temps de réfléchir, même si Arvy se tenait devant la porte, avec ses chaussures et sa veste déjà attachée. Sacrée impatience.

Je tergiversai autant que je le pus, déterminé à prendre la bonne décision, puis je me rendis compte que je n'allais en fait prendre aucune décision. Si Stan me disait d'aller me faire voir, alors génial, je l'accepterais. Stan m'avait demandé quels étaient mes sentiments et je m'étais montré honnête. Du moins, je pensais avoir été honnête.

Enfin, nous fûmes dans la voiture et nous partîmes chez Stan. Noah était réveillé et babillait. Il allait bientôt avoir besoin de manger, mais j'étais sacrément chanceux d'avoir un bébé qui semblait se moquer de savoir qu'il mangeait et dormait dans toutes sortes d'endroit.

Nous nous garâmes devant le portail et il était fermé. Ce qui voulait dire que je ne pouvais pas me faufiler et récupérer ma voiture discrètement. Enfin, apparemment, Arvy connaissait le code, puisque les grilles s'ouvrirent.

— Combien de personnes connaissent son code ? Ce n'est pas une brèche de sécurité ?

Arvy ricana.

— Primo, il prend souvent le bus pour rentrer et deuzio, c'est quoi le numéro de son maillot ?

— Trente.

Je croyais que tout le monde le savait, mais il ne me posait pas une vraie question.

— Tu vois, c'est facile, le code de son portail est 3030. Tellement prévisible.

Nous nous garâmes près de ma voiture et je remarquai une nouvelle fois la différence entre mon véhicule et celui de mes coéquipiers. Arvy était l'un des plus sensés, et pourtant, il avait tout de même une Audi Q7. Un jour, j'aurais une nouvelle voiture, une qu'on pouvait désembuer automatiquement et dans laquelle la radio fonctionnait. Bien sûr, c'était tout en bas de la liste, après des meubles.

Pendant le laps de temps qu'il fallut à Arvy pour éteindre le moteur et se rapprocher de la porte d'entrée, l'enthousiasme de sa visite s'était légèrement amenuisé. Il brossa ses cheveux avec ses doigts et prit la pose pour moi.

— Tu crois qu'elle aimera bien ? Mon look ?

— Ton look de joueur de hockey qui fait trop d'efforts ? répliquai-je impassiblement parce que je le pouvais.

Cela me permettait aussi d'oublier ce que je faisais là. Il me lança un regard qui en disait long et marmonna un juron dans sa barbe, puis il sonna et la porte s'ouvrit après quelques instants.

C'était Galina. Son regard passa de moi, à Noah et enfin à Arvy. Elle sourit et Arvy avait raison. Elle avait un beau sourire et ressemblait énormément à son grand frère.

— Je suis désolée, Stan est sorti. Il est parti acheter de la glace.

Une glace ? Je ne savais même pas que ce quartier riche avait des magasins. Je ne le dis pas, mais j'aurais aimé répondre quelque chose, puisqu'il y eut une pause gênante quand Galina et Arvy se regardèrent fixement.

— J'aime ton maillot, dit Arvy.

Elle baissa les yeux vers le maillot d'entraînement basique des Railers, qui était large sur elle. Elle devrait vraiment en porter un qui n'appartenait pas à son frère.

— Merci ? déclara-t-il comme si c'était une question.

Arvy n'arrêta pas, il continua simplement de parler.

— Je pourrais te donner l'un des miens, il est peut-être plus petit.

Cela aurait été une situation amusante si nous n'étions pas dans le froid, avec Noah dans mes bras.

— Ce serait sympa, répliqua-t-elle.

Elle sursauta quand je m'éclaircis la gorge.

— Pardon, tu ne devrais pas garder le bébé dans le froid. Vous voulez rentrer pour attendre Stan ?

Arvy entra plus rapidement que je ne l'avais jamais vu avancer. Je le suivis, un peu plus amorphe. Noah était toujours réveillé, ses yeux écarquillés et je restai planté là, attendant ce qui arriverait ensuite. Devrions-nous enlever nos manteaux ? Allions-nous rester ?

— Puis-je prendre vos manteaux ? Venez dans la cuisine. J'ai du café et je peux trouver quelque chose pour le petit.

Galina tendit les mains vers Noah, qui était clairement en train de flirter, avec ses yeux écarquillés et un sourire tel l'arc de Cupidon, roucoulant en faisant des *bah*. Il enroula ses doigts dans les cheveux de Galina et tira. Elle rit simplement.

Il n'y avait pas besoin d'être un expert pour voir qu'Arvy tomba amoureux d'elle à la seconde où elle rit en tenant le bébé.

Cela n'avait jamais été ainsi entre Freja et moi, mais je ne pourrais même pas imaginer combien de fois je m'étais dit que nous devrions essayer.

Nous bûmes notre café et mangeâmes de minuscules pains avec du sucre que Galina appelait *Plyushka*. Elle prit Noah et tint son biberon pour lui, balayant tendrement ses boucles de son front. La maison était chaleureuse et toujours décorée pour le Nouvel An, doucement éclairée par des bougies et je me détendis, oubliant presque le genre de conversation que je devais avoir avec Stan.

Arvy discutait désormais, parlant de hockey et posant des questions sur la Russie. La nervosité avait laissé place à une conversation naturelle. Galina parlait avec un accent, mais son anglais était tellement mieux que celui de Stan. Lorsqu'Arvy lui posa la question, elle expliqua que Stan avait seulement du temps pour le hockey et n'avait pas pensé à pratiquer son anglais avant l'été dernier.

— Quelque chose a changé, dit-elle. Il a commencé à écouter les gens qui lui disaient d'apprendre et il prend des cours, maintenant.

J'acquiesçai quand elle expliqua. Stan lui avait-il raconté l'été dernier ? Avait-il mentionné comment le joueur de hockey suédois l'avait utilisé, ou avait-il dit que son cœur avait été brisé ? Et avait-il commencé à apprendre l'anglais à cause de moi ?

Bien sûr que non. Mais tout de même, la chaleur de ce lien de cause à effet s'insinua dans mon torse et je souris.

DIX

Stan

___

Mon quartier était ce qu'on appelait *huppé*. De grandes maisons chères. Des voitures chics. Un jour, je me disais que j'achèterais la plus grosse voiture américaine possible. Peut-être une Cadillac. C'était la preuve du succès en Amérique. De grosses voitures. De grandes maisons. De gros bateaux. Grand, gros, grand. Comme ma glace. Un grand bac de chocolat avec de la guimauve. Tout ici était d'une taille immense, énorme, gigantesque.

C'était si différent de ma ville natale. Pourtant, le bruit des enfants jouant dans la neige était le même. Plusieurs coururent vers moi, le regard brillant, les joues rouges et mouillées, tous avec des crosses à la main.

— Monsieur Stan, vous voulez jouer avec nous ? demanda Darren, le garçon qui m'amenait mon journal tous les jours.

Je jetai un coup d'œil à la maison, tentaculaire, avec deux étages et deux garages attenants. Là, devant les deux portes, dans l'allée fraîchement déblayée, se trouvait un filet.

— Je sais que mon père a dit qu'on ne devrait pas vous embêter parce que vous êtes occupé, mais là, vous êtes juste en train de marcher avec une glace en main.

Il avait raison. Je souris aux garçons et aux filles.

— Je suis ravi de jouer avec vous.

Ils s'exclamèrent. J'enfonçai mon bac de crème glacée dans la neige le long de l'allée et me plaçai devant le but, les tiges retombant sur mon dos. Quelqu'un m'apporta une vieille crosse de gardien en bois.

— C'est tout ce qu'on a, m'informa une jeune fille. Elle appartenait à mon grand-père.

Oui, je me disais bien qu'elle était aussi vieille que ça, mais je la remerciai tout de même et me préparai à bloquer la balle en caoutchouc qu'ils utilisaient au lieu du palet. J'étais certain qu'il s'agissait d'un souhait de la mère, cette balle en caoutchouc rose. Je passai les quarante minutes suivantes à bloquer des tirs, à rire et à transmettre mon savoir avec un anglais certes bon, mais pas génial.

Lorsqu'il fut l'heure de partir, ils me firent tous un signe de la main et me remercièrent. J'attrapai ma glace et continuai à marcher vers chez moi, avec une pêche d'enfer. Non. Attendez. Il y avait une expression encore plus forte. Avec une patate d'enfer ! Je marchai jusqu'à chez moi avec une patate d'enfer. Lorsque je vis que mon ami Arvy était là, mon humeur devint encore meilleure. C'était bon, ça aussi. C'était une autre façon d'éloigner le souvenir de ce qu'il s'était passé dans ma cuisine avec Erik. En ce moment, j'utiliserai n'importe quel genre de distraction pour ne pas réfléchir. Puisque réfléchir n'avait fait que me rendre anxieux, furieux et confus au-delà du possible.

Je ne m'attendais pas à voir Erik assis dans mon salon,

souriant à ce que ma sœur venait de dire. Bon sang. Comment pouvais-je y arriver ? Devais-je passer à côté de lui et grogner ? Peut-être. Oui. C'était bien.

— Stan, viens voir ce bébé, m'appela Galina quand je passai à côté d'eux et grognai.

Lucy trottina depuis la cuisine, s'enroulant autour de mes jambes, miaulant pour attirer mon attention. Je me penchai et la récupérai d'une main, continuant à avancer. Pas une seule fois, je regardai Erik ou Noah. Entendre le bébé gazouiller avait rendu la tâche difficile. C'était un joli bébé.

Lucy se hérissa.

— Je sais que tu n'es pas une boule de poils.

Je la posai sur le plan de travail à côté du bac de crème glacée. Elle me lança un regard noir, puis s'assit pour toiletter sa fourrure ébouriffée.

— Tu as bonne nourriture. Miaou, miaou, miaou, miaou, chantai-je comme dans une pub de nourriture pour chat que j'avais vu sur YouTube.

J'aimais ces vieilles publicités. Elles étaient amusantes et avaient de bonnes chansons, ainsi que des répliques malines et pleines d'entrain.

— Hé, tu as une minute ?

Erik. Que cet homme soit maudit. Il m'avait surpris en train de chanter la chanson « miaou miaou » à mon chat.

— Je ne suis pas sûr d'avoir beaucoup temps. Je dois nourrir chat.

J'agitai une main en direction de Lucy, qui léchait une de ses parties intimes.

— Quand tu auras fini de nourrir le chat alors. Peut-être ?

— Peut-être.

Je m'affairai dans la cuisine quelques minutes, ouvrant une conserve de thon pour les chats et la versant dans un bol minuscule à côté de sa gamelle d'eau. Lucy sauta par terre et trottina vers son plat, sentant la nourriture puis s'en allant. Elle était tellement féline.

Lorsque je levai les yeux, il n'avait pas bougé de l'embrasure de la porte. Il était trop beau. Le jean lui allait bien. Il ne portait pas de baggy trop larges. C'était toujours joliment moulant, un peu serré au niveau de ses cuisses puissantes. S'il se tournait légèrement, je verrai que ses fesses étaient fermement coincées dans le doux tissu.

— Stanislav, Arvy et moi allons au cinéma.

Je jetai un rapide coup d'œil à Galina, qui rendait Noah à son père.

— Mais j'ai la glace, bredouillai-je.

Si elle partait, alors cela signifiait que je devrais parler à Erik. Je n'étais pas prêt à parler. À nous masturber mutuellement, oui, apparemment, mais pas à parler. J'étais un putain de jambon, comme dirait Tennant. Non. Attendez. On était un jambon quand on était en colère, c'était ça ? Comment disait-on lorsqu'on était effrayé ? Une poule rôtie ! J'étais une poule rôtie, comme le poulet du Général. Ou était-ce un colonel ? J'étais comme le poulet de ce militaire.

— On la mangera quand on reviendra.

Elle courut vers moi, se mit sur la pointe des pieds, et m'embrassai sur la joue.

— Ne nous attends pas. *Proschay !*

Elle sortit en courant, disant à Arvy de se dépêcher. Que je ne les attende pas ? Mais il n'était que midi. Quel film pouvait durer aussi longtemps ? Erik et Noah levèrent tous les deux les yeux vers moi.

— Qu'est-ce que tu veux ? demandai-je furieusement.

Étais-je furieux ? Non. Oui. Un peu. Mais pas envers Noah.

— Je peux le prendre, s'il te plaît ?

— Oh, oui, bien sûr.

Erik avança vers moi et me passa le petit.

Noah me sourit et dit « Bah » avant de me mettre une claque sur le nez.

— Tu veux que je mette la glace au congélateur.

— *Da*. Oui.

— Je sais ce que veut dire *da*, déclara-t-il avec désinvolture.

Un souvenir d'Helsinki apparut spontanément dans ma tête. Erik allongé au-dessus de moi, me chevauchant pendant que je criais *da, da, da* jusqu'à jouir, profondément enfoncé en lui. Je calai l'enfant contre ma hanche et quittai précipitamment la cuisine.

— Stan, nous devons parler.

Je m'assis sur le canapé, posai Noah sur mes cuisses et fixai l'enfant du regard. Ses joues étaient rondes, sa bouche était une petite courbe, et ses yeux, grands et verts comme ceux de son père.

— Parle. J'écoute.

Je l'entendis souffler. Noah tendit la main vers mon nez. Apparemment, il l'aimait bien. C'était un joli nez. Long, mais très russe. Un nez fier.

Erik s'assit de l'autre côté du canapé.

— Je veux m'assurer que tu comprennes tout. D'où je viens.

— De Suède, je sais.

Noah babilla et bava sur son petit pull jaune. Je lui fis une autre grimace et obtint un autre sourire en retour.

— Non, je veux parler de mon raisonnement.

Je lui jetai un rapide regard. Il semblait assez insistant sur ce point, pour une raison ou une autre. J'acquiesçai dans sa direction, puis me reconcentrai sur son fils, qui ne me donnait pas l'impression que mon estomac m'était arraché par l'oreille gauche.

— Tu me quittes. Tu te maries. Tu as Noah.

— Ouais, ce sont les événements importants, mais ce n'est pas si simple.

Il soupira à nouveau.

— Stan, l'été dernier était... Helsinki signifiait tellement pour moi.

— Oui, tellement que tu t'en vas et que tu épouses femme. Ça, ça signifie tellement ? crachai-je.

Le sourire de Noah s'évanouit à cause de mon ton.

— Pardon, petit lapin, roucoulai-je.

Sa moue disparut.

— Je l'ai épousée parce que je voulais faire ce qui était juste. Je prenais la décision d'adulte. Tu le comprends, n'est-ce pas ? Je voulais être responsable.

— Je sais ce que veut dire responsable. Je ramène ma mère ici, bientôt. Je suis responsable pour elle, dis-je avec un ton calme pour ne pas contrarier Noah.

J'avais l'impression d'avoir un millier de cris coincés en moi. Chacun devait être dompté pour ne pas effrayer la petite chose précieuse sur mes cuisses.

— Tu épouses la femme, mais juste avant tu dis que tu m'aimes. J'ai vu les photos sur Instabook.

— Instagram, corrigea-t-il doucement.

J'acquiesçai.

— Oui, d'accord, je sais que tu les as vues. J'essayais, Stan. J'essayais d'être le père dont Noah avait besoin. Les enfants méritent une famille.

— Une famille faite de mensonges ? Ou tes mots pour moi étaient un mensonge ?

Cette question le fit quitter le canapé. Erik fit les cent pas dans la pièce, passant ses doigts dans ses boucles, réfléchissant à la façon de m'expliquer ce qu'il devait dire avec des mots simples pour moi.

— Je vois que Freja et toi, ça m'a brisé, rétorquai-je pendant qu'il tournait autour du canapé.

Il arrêta alors de faire les cent pas, laissant tomber ses mains sur ses flancs et fermant les yeux, comme s'il avait mal. Si c'était le cas, tant mieux. Je voulais qu'il ait mal. Il devrait souffrir comme j'avais souffert.

— Je n'ai jamais voulu te faire du mal, mais… J'ai fait ce qu'il fallait pour m'assurer que Noah soit à moi pour toujours. J'ai accompli mon rôle d'homme. En même temps, j'ai laissé derrière moi la personne qui était la plus importante pour moi, l'homme dont j'étais follement tombé amoureux, pour être père.

Noah tira sur mon nez alors que je fixais ouvertement son père.

— Tu m'aimes encore ?

— Je n'ai jamais cessé. Jamais.

Il se précipita vers le canapé et s'assit à côté de moi, son regard maintenant rempli d'espoir ses iris toujours vertes. Oh, tellement vertes. Comme les forêts de mon pays natal.

— Elle parlait d'avortement. J'ai dit que si elle le gardait, il resterait avec moi. Il serait à moi. Je n'aimais pas Freja, mais nous nous sommes mariés pour que ce soit officiel, c'est tout.

Il tendit la main pour la passer dans les boucles blondes de son fils. Noah émit de petits bruits joyeux pour son papa. Je me dis que la glace au fond de moi commença légèrement à se craqueler.

— Maintenant, qu'est-ce qui est bon pour lui ?

— Je ne sais pas.

Erik retomba sur les coussins.

— Je travaille d'arrache-pied pour créer une nouvelle vie, pour lui et moi. C'est la chose la plus difficile que j'ai jamais faite.

— Être bon père, c'est difficile.

Je devais bien lui accorder cela. Élever un enfant seul n'était rien d'autre que du travail et de l'inquiétude, comme dirait ma mère.

— Oui, c'est vrai, mais toutes les choses difficiles valent la peine quand il me sourit.

D'accord, oui, je pouvais le comprendre. Le sourire de Noah me faisait rayonner de l'intérieur, comme si quelqu'un allumait un phare dans mon torse. La lumière émanait de moi pour retourner vers lui. C'était un sentiment joyeux et agréable. Et il sentait le shampoing pour bébé, ce qui me faisait sentir encore plus étincelant.

— Stan, tu comprends pourquoi j'ai fait ce que j'ai fait, non ?

Mon regard resta posé sur le bébé joyeux.

— Oui, je comprends.

Erik soupira comme s'il prenait le poids du monde sur ses épaules.

— Merci mon Dieu. Tu es toujours en colère contre moi ? Je comprends totalement que tu aies été blessé et qu'il te faudra du temps pour t'en remettre, si tu le peux. J'aimerais qu'on soit amis, un jour.

Je fis rebondir le bébé pour me laisser le temps de réfléchir. Pouvais-je être ami avec lui ? Était-ce que je voulais ou souhaitais-je en avoir plus ? Ou moins ? Les gens intelligents me diraient d'accepter ses vérités et de le laisser vivre sa vie. Être poli dans le vestiaire, parler gentiment à la presse, et aller de l'avant. Les gens intelligents me diraient de mettre de côté cet été chaud rempli de désir pour travailler sur une nouvelle et peut-être meilleure relation à l'avenir, ce qui ferait de moi quelqu'un d'aussi malin qu'eux. Galina ferait partie de ces gens intelligents. Elle ne fonçait jamais tête baissée en amour, comme moi je le faisais. Ma sœur avait la tête plate. Non. Attendez, ce n'était pas ça l'expression. Si elle avait la tête plate, elle serait plus comme *Frankenstein*. J'aimais bien ce film, aussi.

— Stan ?

— Je prends le temps de réfléchir, l'informai-je.

Je serrai son fils contre mon torse. Le garçon s'y blottit. La lumière en moi devint un peu plus étincelante.

— Vraiment ? D'accord, c'est cool.

Son gloussement rauque attira mon attention, alors que je continuais de câliner Noah.

— Je croyais que tu allais me tabasser et jeter mon corps dans la Volga.

— La Volga coule pas en Pennsylvanie. Je jette ton corps dans Sus-ki-and-a.

Erik rit à nouveau.

— Susquehanna, me corrigea-t-il.

— Oui, cette rivière-là.

Noah arrêta de bouger.

— Est-ce qu'il s'endort ?

Erik se pencha au-dessus, près de moi, et jetai un coup d'œil à la tête de son fils.

— Ouais, je crois qu'il se laisse enfin emporter par le sommeil.

Mon regard s'attarda sur la bouche d'Erik, sur la façon dont il bougeait quand il parlait. J'aimais la manière dont sa bouche bougeait.

— Je l'emmènerai bien à la maison, mais Arvy a mon siège bébé dans sa voiture et il est…

Il fit un geste avec sa main pour indiquer quelque chose en mouvement.

— Je vais juste aller dans une autre pièce et m'allonger avec lui pour que tu n'aies pas besoin de voir ma tête.

Il commença à se lever.

— Assieds-toi.

Il s'exécuta.

— Je tiens Noah pendant sa sieste. On s'assied et on regarde la télé. Il y a un marathon d'Andy Griffith.

— Tu en es sûr ?

— Oui. Ta tête me dérange pas pendant que je réfléchis.

Erik trouva la télécommande, s'assit à côté de moi, sa hanche proche de la mienne, et alluma la télé. Je sifflai doucement le générique. Noah dormait contre mon torse et j'utilisai ces deux heures de réflexion à ne pas réfléchir du tout, à ressentir simplement. Et les sensations étaient chaudes, comme une tarte au babeurre de chez Tante Bee.

UNE SEMAINE PLUS TARD, nous étions dans le Minnesota et les choses ne se déroulaient pas très bien. Nous étions en train de perdre une série de matchs qui remplissait nos têtes de pensées contreproductives. Malgré ce que notre coach et notre capitaine disaient, nous n'arrivions pas à trouver notre rythme et ce match contre les Wild ne nous aidait pas à prendre confiance.

Ils étaient sacrément forts et avaient marqué dans les quarante premières secondes, directement. Je détestais les buts qui arrivaient si tôt. Ils secouaient l'équipe et m'empêchaient d'être dans l'état d'esprit nécessaire pour rester concentré. Voyez ça comme la différence entre un réveil par les doux bruits de la nature qui vous apaisent, et un réveil par quelqu'un qui souffle dans une corne de brume juste à côté de votre tête.

Je détestais les matchs corne de brume. Après ce premier but, je me sentis mal. L'équipe tomba dans un genre d'abattement choqué qui nous obligea à tâtonner pour tenir face à l'autre équipe. Les attaquants étaient mous, les défenseurs, irréguliers. Cela créait des ouvertures juste devant mon but, me laissant à découvert et vulnérable, surtout pour les déviations. Quand deux autres palets passèrent à côté de moi, je commençai à me mettre en colère. Contre moi-même, contre l'équipe qui ne marquait pas et ne protégeait pas ma cage, et contre les coachs qui ne bougeaient pas les lignes pour trouver une tactique qui pourrait fonctionner.

Lorsque la première période s'acheva, je quittai rapidement la glace et partis dans le vestiaire, tellement furieux que j'aurais pu chier. Non. Attendez. Cracher. Tellement furieux que j'aurais pu cracher.

— Stan, je suis tellement désolé pour la dernière déviation, me dit Dieter derrière moi quand nous nous entassâmes dans le vestiaire. C'était totalement ma faute. J'aurais dû mieux marquer ce gars.

— Mec, nous sommes tous responsables. Pas Stan. Tu n'as pas à t'en vouloir pour ça, intervint Tennant.

— Mon job, c'est d'arrêter les palets.

Je les poussai et trouvai ma place, dans un coin. Je m'assis, pris mon visage entre mes mains, et fis des exercices de respiration. Une grande inspiration, on remplit les poumons, puis on souffle lentement jusqu'à ce que les poumons soient vides.

Personne ne me parla. Ils regardaient à peine dans ma direction. Le coach parla de nous resserrer dans les coins et de trouver notre point de passage à l'avant. Il nous fit remarquer que le gardien des Wild n'avait eu besoin de bloquer que trois tirs en vingt minutes de match, alors que j'avais été bombardé de dix-sept palets. En plus, il n'était pas ravi des coups donnés. En gros, le Coach était en colère contre tout et voulait qu'on se sorte les doigts du cul.

La deuxième période fut meilleure. Arvy marqua un but et cela nous donna de l'élan pour plusieurs changements. Minnesota eut une pénalité et nous eûmes l'avantage numérique. Tennant trouva le fond du filet grâce à un tir presque cadré qui rebondit sur les tiges en acier derrière le gardien Wild. Je tendis la main derrière moi pour caresser ma cage et lui demander d'être gentille avec moi, même si elle était du Minnesota et n'appartenait pas à l'équipe d'Harrisburg.

Alors que nous commencions à ressentir un élan de confiance, un mouvement stupide devant moi de la part d'Adler Lockhart provoqua toute une série de malchances. Adler s'énerva et poussa avec sa crosse l'un des Wild qui me bloquait. C'était stupide. Il le savait. Je le savais. Tout le monde le savait. Une fois qu'il fut assis sur le banc des pénalités, notre désavantage numérique fut flagrant et les choses commencèrent à dégénérer.

Les Wild convergèrent vers mon filet. Les tirs arrivaient si rapidement que je travaillais par instinct pour les éloigner du but. Après un déluge qui dura un peu plus d'une minute, Tennant réussit enfin à emmener le palet de l'autre côté de la patinoire. Notre équipe changea une ligne peu efficace pour une autre. Je pris une inspiration et tentai de me concentrer sur l'équipe du Minnesota qui chargeait au-delà de la ligne bleue avec le palet. Je supposai qu'un joueur allait contourner nos défenses, donc je m'accroupis, puis reculai pour me préparer au tir. Le palet était telle une tornade noire.

Il heurta Arvy dans la jambe, le faisant tomber. Rien d'inhabituel. Les défenseurs bloquaient souvent des palets. La douleur est intense, mais elle diminue après quelques minutes, laissant une grosse ecchymose et un gonflement. Arvy poussa sur ses patins, l'agonie se lisant sur son visage, puis il tenta de se relever sur une jambe. Les Wild bourdonnaient comment des abeilles, donc en aucun cas Arvy ne quitterait la glace. Il joua jusqu'à ce qu'Adler soit libéré du banc des pénalités. Le palet fut poussé de l'autre côté de la patinoire et Arvy réussit à peine à rejoindre le banc. Dès qu'il passa la porte, l'entraîneur sportif en chef se chargea de lui, l'aidant à traverser le tunnel jusqu'au vestiaire. Une pause publicités arriva.

Je patinai jusqu'au banc, mis de l'eau fraîche dans ma gourde et croisai le regard d'Erik. Nous n'avions pas beaucoup parlé lors de la semaine qui venait de s'écouler. Il me laissait assez de place pour réfléchir. Nous étions dans une drôle de situation et je n'étais pas certain de savoir combien de temps nous pouvions continuer ainsi.

Tout le monde semblait profondément inquiet pour notre coéquipier blessé.

— Tu vas bien, Stan ?

J'acquiesçai en direction de mon coach, prit ma bouteille d'eau dans la main d'un entraîneur et retournai dans mon but.

— Cage du Minnesota, marmonnai-je quand le match allait reprendre. Je suis quelqu'un de bien. Un Russe costaud. J'adore les cages. Tu dois être gentille avec moi.

Je la caressai comme un amant le ferait sur une cuisse nue. Puis je me retournai pour faire face à la patinoire.

Le but du Minnesota ne m'aimait pas comme celui de la maison. Il était dur et insensible. Il dévia un palet dans mon filet derrière moi et n'en repoussa aucun. Lorsque le match se termina, je tournai sur mes patins et renversai le filet ainsi que les tiges en acier maléfique du Minnesota. Je les frappai avec ma crosse jusqu'à ce que celle-ci soit détruite.

Le vestiaire fut aussi silencieux qu'une église. Nous étions tous inquiets pour Arvy. Il avait été emmené à l'hôpital du coin pour passer une radio de la jambe droite. Le trajet jusqu'à l'hôtel fut lugubre. Il n'y eut pas de rire ou de taquinerie dans le bus. Juste de grands hommes silencieux, avachis sur leurs sièges. Lorsque nous arrivâmes dans le lobby, tout le monde s'éparpilla, allant dans les chambres pour bouder au réfléchir. Erik était devant moi dans l'ascenseur. Je me tenais derrière lui, inhalant l'odeur de son shampoing, tout en appréciant la façon dont ses boucles dansaient sur sa nuque.

Lorsque nous sortîmes au quatrième étage, je le suivis dans sa chambre, qui était dans la direction opposée à la mienne. Il me jeta plusieurs regards curieux quand nous avancions dans le couloir avec une jolie moquette.

— Tu veux quelque chose ? demanda-t-il en scannant sa carte magnétique.

Le verrou bipa et la porte s'ouvrit.

Je le poussai à l'intérieur, claquai la porte et plongeai sur lui.

— Toi. C'est toi que je veux.

ONZE

Erik
_____

JE HEURTAIS LE MUR AVEC AUTANT DE FORCE QUE POSSIBLE, étant poussé par le mec le plus costaud de la ligue et mon souffle me quitta brusquement.

— Stan...

Il s'agrippa fermement à mes cheveux, entortillant ses doigts dans mes boucles et m'attirant vers l'avant pour un baiser. J'étais déséquilibré, m'agrippant sacrément à lui pour rester debout. Il me tira les cheveux pour m'incliner la tête, dévorant mon cou de baisers, de morsures qui, je le savais, laisserais des marques.

— C'est ta faute, marmonna-t-il entre des baisers.

Il me serra encore plus fort, comme s'il voulait me faire mal, comme si c'était la seule façon pour lui de prendre son pied, utilisant sa colère et sa douleur.

Un bruit sourd fit écho dans la pièce et je me rendis compte que c'était la porte.

— Erik, tout va bien pour toi, mec ?

Le capitaine était juste derrière la porte. Stan me relâcha et je titubai pour rester debout, avant de saisir le tissu de son maillot. Il semblait frappé, comme si quelqu'un lui avait jeté tout un seau d'eau au visage, gelant sa passion furieuse.

— Je vais bien, criai-je. Je me suis cogné contre la table.

Stan fit un autre pas en arrière, la tension de son expression se transformant lentement en remords. Il allait partir, je vis la panique dans son regard, puis la tristesse.

— Nom de Dieu, répondit Connor. Fais gaffe à tes jambes. Je ne veux plus personne à l'hôpital, ce soir.

Je grimaçai et Stan partit encore plus loin de moi, pratiquement dans la foutue salle de bain. Je bandais tellement. Stan savait exactement les endroits où il devait me toucher, chaque mot, chaque geste, comment me pousser et ce qu'il devait me faire ressentir. Qu'il soit si brutal avec moi, qu'il utilise son poids et sa force contre moi... Nom de Dieu, c'était la meilleure chose possible dans ce bordel toxique qui existait entre nous.

— Désolé, capitaine, criai-je en retour. Bonne nuit.

Je l'entendis marmonner de l'autre côté de la porte, puis il prononça d'autres mots, mais je ne l'écoutais pas vraiment. Tout ce que je savais, c'était que la voix diminuait et je me rappelai que Connor était dans la chambre à côté de la mienne.

Stan était appuyé contre le mur entre la chambre et la salle de bain, ses paumes aplaties dessus, ses yeux écarquillés. Il avait apparemment peur. Avait-il peur de moi ? Ou de nous ? Ou d'être surpris ? C'était probablement à cause de la perte de contrôle. Stan ne perdait pas souvent le contrôle. Il allait s'enfuir maintenant. Je le savais autant que je connaissais mon propre nom. Son esprit stupide devait transformer la situation en une chose terrible alors que, merde, cela pourrait être la meilleure chose qui pourrait nous arriver.

Je continuai à suivre mes instincts, avançant vers lui à pas feutrés, et il secoua légèrement la tête.

Non. Je ne l'accepterai pas. Il avait commencé quelque chose dont il avait clairement besoin et c'était en train d'arriver. D'une façon ou d'une autre, j'allais l'avoir en moi ce soir. Seuls quelques centimètres nous séparaient. Je pensais vraiment qu'il allait s'enfuir et je me tendis, mais il ne bougea même pas. J'enlevai ma veste et la jetai sur une chaise, me fichant qu'elle tombe par terre. Puis je desserrai ma cravate et déboutonnai ma chemise, enlevant tout en un seul mouvement. Il tressaillit et se pencha d'un côté, comme s'il se préparait à partir en courant. Mon pantalon allait devoir rester en place. Je n'allais pas risquer qu'il me contourne, même si mon sexe était tellement dur qu'il voulait juste être libéré.

Je tendis la main vers la sienne et il me laissa la prendre, puis je me mis à genoux dans un mouvement fluide, juste devant lui.

— *Nyet*, murmura-t-il.

Mais je n'accepterais aucun non, aujourd'hui. Il allait me baiser et je lui montrais comment faire. Je pris sa main et la posai sur ma tête, la passant dans mes cheveux. Instinctivement, il s'agrippa à mes boucles. Je relâchai ma prise et me penchai en avant, appuyant ma bouche sur son sexe caché dans son pantalon. Il était dur comme de l'acier et je l'embrassai au-travers du tissu, ce qui le fit grogner. Ouvrir sa fermeture Éclair fut facile, tout en l'embrassant et en appuyant mon nez contre lui, mais ses mains restaient toujours immobiles dans mes cheveux. Elles étaient figées. Il s'efforçait de garder le contrôle, mais je connaissais une façon de briser sa détermination.

Je baissai son pantalon, son boxer et blottit mon nez contre lui. Sa chaleur contre ma peau fut un autre rappel de temps meilleurs. Par réflexe, il plongea légèrement ses doigts dans mes cheveux, pas aussi fort qu'il en avait besoin, pas aussi fort que je l'aimais, mais suffisamment pour savoir que je commençais à l'atteindre. Son boxer était juste en-dessous de ses testicules et je léchai, suçai chaque partie de son corps que je pouvais atteindre, puis je pris l'extrémité de son sexe dans ma bouche. Je suçai, juste à cet endroit, son poids alors lourd sur ma langue. Ses doigts se replièrent dans mes cheveux quand je glissai mes lèvres vers l'avant, le prenant davantage dans ma bouche. Je le pris tellement profondément que je faillis avoir un haut-le-cœur avant de me retirer. Je le relâchai, levai les yeux vers lui, puisque je savais que c'était ce qu'il voulait que je fasse, ce qu'il aimait que je fasse, avec ses doigts dans mes cheveux et moi, à genoux. C'était sa kryptonite.

— *Eton piz'dets*, dit-il d'une voix rauque.

C'est merdique. Il n'y avait rien de merdique entre Stan et moi. Il n'y avait rien de mal entre nous.

— Stan, dis-je.

C'était plus un ordre et une supplication.

— *Nyet*, déclara-t-il.

Mais cette fois-ci, ce mot fut accompagné de sa poigne, qui se raffermissait sur mes cheveux. Il était au bord de la jouissance. Il le savait, je le savais et c'était puissant.

Je lui pris profondément et il se tint à moi. Avec ses doigts entortillés dans mes cheveux, il me maintint là, puis les relâcha suffisamment pour pouvoir reculer et respirer.

Je devins tout malléable sous sa main, le suppliant silencieusement de m'utiliser.

Jurant dans un mélange de russe et d'anglais, il me prit la bouche, me serra contre lui et j'agrippai ses fesses, recherchant mon équilibre et ayant besoin de le sentir. Il allait bientôt se laisser aller, je le voyais bien à la façon dont ses hanches faisaient des va-et-vient, à la manière dont son langage disparaissait pour ne laisser place qu'à un gémissement. Lorsqu'il me laissa reculer légèrement, je jouai carte sur table entre mes respirations.

— En moi, le suppliai-je.

Il jura et me leva en même temps. Merde, je bandais tellement que j'avais peur de jouir dans mon pantalon. Nous titubâmes pour m'enlever mes derniers vêtements et le déshabiller lui aussi. Glorieusement nu, sacrément canon et avec une érection, il chercha quelque chose dans mon sac, sûrement du lubrifiant. Lorsqu'il le sortit, avec des préservatifs, il baissa momentanément les yeux, et dut se rendre compte que je les avais amenés pour une raison particulière, mais il ne pouvait savoir que je les avais avec moi depuis que son petit cul de Russe était réapparu dans ma vie.

Je n'allais pas initier la chose, mais merde, j'allais être prêt.

— Sur le lit, ordonna-t-il aussi fort que possible tout en chuchotant.

Je fis ce qu'il me demanda, à quatre pattes, ayant besoin de lui tout de suite. Il n'y avait pas de baisers et de mots doux. C'était une connexion au niveau le plus profond et le plus fort. Il se protégea, appuya deux doigts en moi, puis se retrouva en moi, marquant une pause jusqu'à ce que mon corps l'accepte, puis je fus comblé. Il roula des hanches contre moi, mon sexe pendant et frottant contre les couvertures. J'avais besoin de plus, mais à ce moment-là, je voulais être au bord de la jouissance où le besoin grandissait et où j'en exigeais plus.

Il poussa brusquement, profondément, puis s'éloigna lentement, me donnant des coups de rein. J'écartai les mains, pour garder mon équilibre et roulai des hanches contre lui. Il passa le bras autour de moi et je me dis que c'était le moment, qu'il allait refermer ses mains autour de mon sexe et que j'allais enfin jouir avec lui après tout ce temps. Mais il se contenta de passer les bras autour de moi, de me relever, ses mains bougeant sur mon torse et me stabilisant. L'angle créé, alors que j'avais le dos collé à son torse, signifiait qu'il pouvait aller plus profondément. Ses doigts tirèrent sur mes tétons et les tordirent, jusqu'à ce qu'il ne reste rien d'autre qu'une sensation. Il me chuchota des choses à l'oreille, du russe obscène, des mots qu'il m'avait appris.

Je te baise. Je te veux. J'aime ta queue. Je te baise.

Je te baise.

— S'il te plaît, le suppliai-je.

J'avais besoin de ses mains sur moi, mais tout ce qu'il faisait, c'était de me prendre violemment, de me mordre le cou et de tirer sur mes tétons. J'allais jouir. Il utilisa l'une de ses mains dans mes cheveux, me retourna pour m'embrasser et je fus si proche.

— S'il te plaît, le suppliai-je dans nos baisers.

— Je vais t'y emmener, chuchota-t-il.

Puis il jouit, se raidissant contre moi, me prenant et sa main se retrouva sur mon sexe. Il fallut deux coups de poignets, pas un de plus, et je recouvris ses doigts, obligeant ma main à se coller sur ma bouche pour ne pas hurler. Il me tint pendant un long moment, jusqu'à ce qu'il se soit suffisamment détendu pour se retirer. Il se débarrassa du préservatif. Je m'allongeai sur le lit, totalement désarticulé, mes tétons douloureux, mon pénis épuisé, la fatigue me submergeant.

— Pourquoi tu as ça ? me demanda Stan.

Je tournai la tête pour voir les préservatifs et le lubrifiant. Stan semblait horriblement sérieux.

— Pour toi, murmurai-je. Toujours pour toi.

Il passa ses doigts dans mes cheveux, mais doucement, il massa mon crâne et je me souvins du temps que nous avions passé à Helsinki, quand il passait des heures à jouer avec mes cheveux après que nous eûmes fait l'amour. Puis, sa main disparut et comme j'étais fatigué, je fermai les yeux.

Lorsque je me réveillai, l'horloge montrait quatre heures et Stan n'était plus là.

Mon cœur pleura cette perte.

MON TÉLÉPHONE portable me réveilla à six heures du matin, cette fois-ci à cause d'un appel d'Amy qui voulait savoir où était le carnet de santé de Noah. Elle en avait besoin pour vérifier ses vaccins et je lui expliquai qu'il était dans le troisième carton en partant du bas, dans la pile dans ma chambre. Elle m'envoya un petit LOL.

C'était une blague entre nous deux, puisque je n'avais jamais vraiment déballé mes cartons, choisissant plutôt de jeter une couverture sur eux, et faire comme si ce bazar emballé était une commode ou quelque chose comme ça. Ce n'était pas comme si nous allions rester dans cet appartement de toute façon, c'était une location d'urgence et j'avais besoin de trouver un endroit où rester pour de vrai. Peut-être que je devrais accepter ce que l'équipe proposait, ou ouais… que j'obtienne au moins un peu d'argent. Je notai mentalement de chercher des finances, et envoyai un rapide message à mon agent, Sven Haalsen, dont le travail était de nous tenir au courant des salaires.

Amy m'envoya un message pour dire qu'elle avait trouvé le carnet de santé et que je devais déballer mes affaires.

Ouais, ouais, bref.

Je ne répondis pas cela, mais je ne resterais pas dans cet appartement et je ne déballerais pas mes cartons jusqu'à ce que je me sente plus chez moi qu'en ce moment.

Lorsqu'on est transféré, quand on reçoit l'appel, on ne s'attend jamais vraiment à rester où l'on a été envoyé. Il y a million de façons de tout gâcher. J'aurais pu être le meilleur joueur de mon équipe de LAH, mais être merdique en arrivant en LNH. Les Railers auraient pu me dire de faire mes valises et cela aurait été fini. J'aurais été viré de la LNH, je serais retourné en LAH et Dieu seul savait si les Rush m'auraient gardé.

Sans le savoir, je me serais retrouvé au Canada, à Los Angeles ou en Floride.

Mais curieusement, je m'en sortais bien. Ma ligne avait bien fonctionné. Charlie, Toly et moi, nous formions une quatrième ligne solide et respectable, et je voulais rester.

Avec l'équipe.

En Pennsylvanie.

Avec Stan.

Créer un foyer un trouver un bon endroit pour Noah et moi.

Un message de Sven arriva. L'argent avait été versé, je n'avais pas besoin de m'inquiéter et je pouvais être rassuré sur le fait que je m'en sortais assez bien chez les Railers pour rester quelques années de plus avec eux, comme il les aimait bien.

Je me disais que j'allais essayer, même si cela signifiait trouver un quelconque accord avec Stan.

Je me douchai et m'habillai, sachant que peu importait l'heure qu'il était, je trouverais quelqu'un de réveillé qui me montrerait où trouver du café. Connor fut celui que je remarquai en premier, dans le café de l'hôtel ouvert vingt-quatre heures sur vingt-quatre, entouré des restes d'un burrito spécial déjeuner et de deux cafés. On aurait dit qu'il n'avait pas dormi et immédiatement, je pensai à Arvy.

— Merde, dis-je.

Je me glissai sur le fauteuil en face de lui et demandai des nouvelles de mon coéquipier.

— C'est si mauvais que ça ?

Connor me regarda, concentré sur moi, malgré ses yeux injectés de sang.

— À toi de me le dire, répliqua-t-il d'un air mystérieux.

Moi ? Je n'avais eu aucune nouvelle d'Arvy ce matin. Avais-je loupé un message ? Je vérifiai mon téléphone, mais il n'y avait rien.

— Y a-t-il eu un message dans un groupe de conversation ? Je ne suis pas dans les conversations de l'équipe.

J'essayai de ne pas laisser cette idée me blesser. Après tout, j'étais nouveau chez les Railers et peut-être qu'ils n'avaient même pas de groupe de conversation. Mais si c'était le cas, alors Ten en serait le responsable, sans aucun doute.

Connor se pencha en avant et me passa son téléphone portable, que je tournai face à moi. Il y avait mémo ouvert et quelques mots dessus.

— Tu veux traduire ce que j'ai entendu au-travers de mon putain de mur quand j'essayais de dormir ?

Les mots que je lisais n'avaient aucun sens, puis je les prononçai de façon phonétique et je me rendis alors compte de ce dont il s'agissait. Connor, dans la chambre d'à côté. Connor en train d'entendre Stan dire qu'il me baisait, que je devais le sucer. Connor avait écrit les mots qu'il avait entendus.

— Merde, dis-je simplement.

Connor croisa les mains sur la table et se cogna la tête dessus, deux fois, trois fois. J'étais inquiet à l'idée que notre capitaine se provoque lui-même une commotion. Il marmonna quelque chose qui ressemblait étrangement à *tenir la chandelle* et *vie de merde*, mais je ne voulais pas lui demander de répéter.

Connor leva la tête.

— Juste… nom de Dieu… rends-moi service.

— Tout ce que tu veux, répondis-je immédiatement.

— Il me manque déjà un défenseur. Ne gâche pas le jeu de Stan à cause de cette merde.

Waouh, c'était honnête, direct et me je pris vraiment conscience de la place que j'avais dans l'équipe. J'imaginai que si on devait choisir entre Stan et moi, alors ce serait l'ailier de quatrième ligne qui perdrait son travail.

C'était si évident que ce serait dangereux pour mes rêves d'installation.

— Tu dis qu'on ne peut pas…

— Je dis que c'est votre vie, mais la prochaine fois, évitez de faire du bruit et n'embrouille pas la tête de Stan. C'est un mec bien.

Moi aussi, pensai-je, mais je ne le dis pas à voix haute.

— S'il te plaît, ne le dis à personne, demandai-je doucement.

Je me rappelai la peur de Stan d'être exposé et que la rumeur puisse se propager jusqu'à quelqu'un connaissant sa mère, en Russie.

— Je n'en parlerai pas.

Il semblait fatigué, donc je décidai de changer de sujet.

— Comment va Arvy ?

Connor soupira lourdement.

— Il est installé confortablement.

Ça ne semblait pas de bon augure. On aurait plus dit une condamnation à mort pour un joueur de hockey.

— Il revient avec nous tout de suite ?

— Le docteur Roberts reste avec lui, et ils vont retourner à Harrisburg.

Ce qui voulait dire qu'il ne prendrait pas le vol pour le prochain match à Toronto.

Silence. Il me regarda fixement et je me sentis aussi mal à l'aise que si un million de fourmis rouges me grimpaient dessus.

— Stan et moi, commençai-je.

Connor leva une main.

— Nous avons une équipe inclusive, tu le sais, mais on a besoin de Stan, d'accord ?

Les revoilà, ces foutus mots qui sous-entendaient que j'étais facile à remplacer, mais visiblement, Connor voulait continuer.

— Et Erik, tu étais le meilleur ailier de quatrième ligne

de la LAH. Les Rush étaient chanceux de t'avoir, nous sommes chanceux que tu trimes dur pour nous. Ne gâche pas tout.

— Oui, capitaine.

Connor récupéra ses déchets et partit sans demander quoi que ce soit d'autre et pendant un moment, je restai là, regardant le vide, conscient que les membres de l'équipe entraient et sortaient de la salle du petit-déjeuner. Quelqu'un m'apporta un café, quelqu'un d'autre posa une assiette de bacon devant moi. Je devais avoir l'air totalement déconnecté. J'alternais entre la fierté à cause des mots de Connor et la terreur de ce que je pourrais faire à Stan.

À ce moment-là, dans l'histoire d'Erik et Stan, je pouvais encore reculer. J'avais un bébé, je devais trouver un endroit où vivre, et Stan était probablement encore en train de me détester comme il fallait. Mais il n'en avait pas besoin, n'est-ce pas ?

Cette histoire Erik/Stan n'était pas obligée de se terminer maintenant. Je n'étais pas obligé de reculer. Je pouvais travailler là-dessus et nous pourrions retrouver ce que nous avions perdu.

Alors maintenant que je me tenais à un carrefour et que je n'étais pas sûr de savoir dans quelle direction aller, Stan s'assit dans le fauteuil en face de moi.

— Pas réfléchir mauvais, dit-il.

— D'accord, confirmai-je.

Je ne savais pourtant pas ce que cela voulait dire. Il ne fallait pas avoir de mauvaises pensées, quelque chose comme ça, devinai-je.

— Concentre sur Leafs, ajouta-t-il. Pas un mauvais jeu pour Leafs.

— Tu veux te concentrer sur le match.

Mon cœur s'arrêta, puisqu'il faisait écho à ce que Connor avait dit et, bon sang, il avait raison. C'était une question d'équipe. Ce n'était pas parce qu'un mec stupide comme moi était là que cela causerait des problèmes.

Il acquiesça et s'enfonça dans son fauteuil, croisant les bras sur son torse.

— Et sur nous, ajouta-t-il en souriant à moitié.

L'espoir gonfla dans mon torse.

DOUZE

Stan

_____

Assis face à Erik, ce matin-là, le soleil de ce matin hivernal caressant ses cheveux dorés, j'ignorais totalement ce que « se concentrer sur nous » signifiait, mais je savais que c'était aussi vital pour moi que de respirer. Je voyais la chaleur de cette promesse illuminer ses beaux yeux de jade, et cela remplit également mon cœur de chaleur potentielle. Mais je ne savais pas réellement comment agir.

Nous tentâmes de rester professionnels sur la route, parce que pour moi, il était impossible de faire un coming-out en grande pompe. Ma mère vivait toujours à Leskovo, qui se tenait peut-être à huit kilomètres de la frontière avec la Tchétchénie. Il se passait des choses terribles dans ce pays : la purge d'hommes gay, des morts et des meurtres. Si la rumeur sur son fils gay enflait…

Alors, non, Layton Foxx ne pourrait pas faire venir la presse indiscrète pour Erik et moi. Pas jusqu'à ce que ma mère soit en sécurité aux États-Unis. Alors, peut-être que nous pouvions simplement exister tous les deux. Autant je respectais et admirais Tennant et le Coach Madsen pour leur courage et leur façon d'affronter le feu de la presse, autant j'en étais moi-même incapable. Je ne serai jamais ravi d'être au centre de l'attention. Je n'étais pas certain de savoir ce qu'Erik en penserait, et pourtant, je devais lui en parler, puisque nos moments en privé étaient strictement limités.

Sur la route, nous faisions comme si nous n'étions qu'amis. Erik et moi parlions de hockey dans le bus, dans l'avion, pendant les passes et les matchs d'entraînement, mais le soir, nous repartions seuls dans nos chambres. Je mourais d'envie d'aller le voir, de le tenir dans mes bras, de fusionner mon corps avec le sien, de parler de choses qui avaient une signification pour nous, mais dans un hôtel rempli d'oreilles et d'yeux, non, ça ne pouvait pas se faire. Notre capitaine était déjà au courant de notre secret, d'après Erik. D'autres pouvaient découvrir notre romance... si on pouvait parler de romance. C'était une période troublante, mais nous luttâmes difficilement pendant ces longs matchs à l'extérieur, obtenant trois victoires pour compenser nos défaites en cours de route.

Ma maison, mon chat et ma sœur m'attendaient à la maison quand je rentrai à la fin du moins de janvier, mais pas pour longtemps.

— Je vais rendre visite à Arvy, aujourd'hui, m'informa Galina en passant dans le salon, enfilant un manteau.

— Mais je viens juste de rentrer à la maison, dis-je.

Mon chat était enroulé autour de mon cou, laissant des marques de griffes sur ma veste bleue marine.

— Oui et tu es trop beau. Je serai chez lui. Envoie-moi un message si tu as besoin de quoi que ce soit. Bon retour à la maison, grand frère !

Elle courut vers moi, m'embrassa sur la joue et sortit précipitamment. Pourquoi s'enfuyait-elle quand je devais lui parler de tant de choses ? Elle était la seule personne qui savait que j'étais gay, donc je retins en moi tout ce que j'avais à lui dire sur Erik et moi. Est-ce qu'une jambe cassée était plus importante qu'un frère qui avait de profonds secrets à confier ? Qu'est-ce qui l'intéressait chez Arvy ? Ils se connaissaient à peine.

Lucy ronronna à mon oreille.

— Oui, ma jolie, tu es toujours là pour moi.

Je tendis la main pour lui gratter sa petite tête, puis emmenai mes sacs dans ma chambre. Elle bondit de mon épaule pour aller sur le lit et se blottir sur son oreiller. Je scrutai la pièce. Elle était si grande, si joliment décorée, mais si vide. Partager cette soirée avec Lucy n'était pas du tout ce que je voulais, même si elle était un chat aimant. Elle m'adorait. Toutefois, je voulais un contact humain. Quelqu'un à qui parler et qui me comprendrait. Quelqu'un comme Galina, ou Mama. Ou Erik…

Dès que je pensai à lui, mon corps réagit avec chaleur et désir. Tellement de désir que je me dépêchai de me changer pour enfiler un jean et un pull en laine polaire. Je déposai un baiser sur la tête de Lucy et la laissai faire une sieste, mon sang bouillonnant dans mes veines. Je trottinai jusqu'à l'arrêt de bus le plus proche, grimpai dans un bus chauffé et sortis mon téléphone pour mettre de la musique avant de vérifier par deux fois l'adresse qu'il avait entrée dans mon téléphone. Je marchai jusqu'à son appartement de Derry Street. L'immeuble était grand, avec peut-être dix étages. J'étudiai la grande pancarte avec l'adresse pour être sûr d'être au bon endroit. Perplexe quant à la raison pour laquelle il vivait dans un bâtiment délabré alors qu'il faisait partie d'une équipe professionnelle de hockey, j'entrai et allai jusqu'au huitième étage, mes écouteurs dans mon cou pour que je puisse entendre Elvis chanter de belles chansons d'amour.

L'ascenseur s'ouvrit sur un long couloir. Je sortis et partis à la recherche de l'appartement 8D, qui était la porte à côté de celle par laquelle s'échappait des cris d'enfants bruyants.

La fille minuscule qui m'ouvrit la porte me regarda bouche bée, avec des yeux écarquillés.

— Je suis Stanislav. Je connais Erik Gun…

Elle me claqua la porte au nez. Ça ne m'était jamais arrivé auparavant. Je levai les yeux et dans le long couloir, je levai ma main pour frapper à nouveau. La porte s'ouvrit et Erik me sourit, ses joues prenant une petite teinte rose.

— Stan, désolé, c'est Amy, ma nourrice. Elle pensait que tu étais de la mafia russe et que tu venais m'enlever, donc elle a eu peur.

Je regardai par-dessus sa tête en direction de la nourrice qui serrait Noah contre sa poitrine.

— Ah, non, moi pas être mafia russe, dis-je pour apaiser la petite chose nerveuse. Je suis gardien de but russe. Moi pas tuer Erik avec chaussures en ciment.

— Elle regarde trop de films policiers, chuchota Erik.

Il recula pour que je puisse entrer chez lui.

— Ah, quand ça canarde, marmonnai-je.

Je me baissai pour éviter de me cogner la tête.

— Chuck Connors est un grand fusilier.

— Non, pas des Westerns, des films policiers comme… Ce n'est pas important. C'est une surprise. De te voir ici, je veux dire.

Je me tenais au centre du salon, avec mon manteau en laine épaisse, regardant les cartons cachés sous les draps, me demandant de quoi il s'agissait.

— C'est nouvelle table suédoise ? demandai-je en montrant les cartons d'un geste de la main.

Erik passa une main dans ses cheveux, ses boucles rebondissant dès que ses doigts les quittèrent. Je voulais faire ça. J'avais besoin de faire ça. Je mourais d'envie de faire ça. Ah, le désir était revenu, maintenant. Il rugissait fortement et violemment comme un tigre de Sibérie, il me griffait les entrailles.

— Je n'ai simplement pas encore défait les cartons. J'attends que le ciment se fige, tu vois ?

— Moi pas faire chaussures en ciment. Déjà dit avant maintenant.

La nourrice gloussa. Noah en fit de même. Erik ricana. J'ignorais totalement pourquoi c'était si drôle.

— Oui, je sais. Écoute, je m'apprêtais à déjeuner. Peut-être que tu aimerais rester ?

La nourrice donna Noah à son père, puis me contourna, apparemment toujours sur la réserve. J'effrayais de petites femmes comme elle tout le temps. Parfois, de petits hommes aussi. C'était la malédiction des grands Russes stoïques.

— Je peux rester et aider, dit la nourrice en enfilant son manteau rose.

Erik lui fit signe que non.

— D'accord, eh bien, je vous vois dans deux jours. Bon retour à la maison, monsieur G. Et euh, Stan.

— Rentre bien à ton chez toi, dis-je.

Je souris aussi grossement que possible. Non.

Attendez. Ça existe le mot « grossement » ? Oui, sûrement, puisque j'ai entendu le Président l'utiliser. Elle acquiesça, puis se précipita vers la porte.

— Fille est bonne nourrice ?

— Oh, ouais, elle est géniale. Les déplacements sont difficiles pour elle, tu sais, elle se retrouve ici pendant des semaines sans interruption.

— Je prends joli Noah, s'il te plaît ?

Je tendis les mains. Erik sourit et me donna son fils. Noah couina et attrapa instantanément mon nez.

— Il aime nez.

— C'est un joli nez. Noble, tu vois. Comme le nez d'un tsar.

Mon regard croisa celui d'Erik. Le désir doubla.

— Pas de tsar dans la famille. Seulement paysans. Forts, travailleurs, stables.

— Ça te ressemble.

Il se tourna avant que je puisse explorer davantage son regard.

Je le suivis dans la minuscule cuisine. Cette pièce était dénuée de touche chaleureuse, mais plus de choses étaient déballées ici que dans la salle à manger.

— Tu peux le mettre dans sa chaise haute, dit Erik par-dessus son épaule.

Il était en train d'écraser des poires bien mûres avec une fourchette. Je mis le petit garçon dans sa chaise, posai le plateau et attrapai un grand bavoir en plastique avec un motif de manchots violets, et le plaçai autour de son cou.

— Bah ! dit Noah.

Il frappa son plateau avec ses mains.

— Calme-toi, répondit son père avec bonne humeur.

Je m'assis sur une chaise avec des pieds en métal

visiblement faibles et regardai Erik préparer la nourriture de Noah. Il savait ce qu'il faisait, son langage corporel indiquait qu'il l'avait fait de très nombreuses fois et qu'il avait confiance en lui. J'appréciais le dialogue entre lui et Noah, doux et espiègle. Il aimait tellement son joli bébé.

— Alors, maintenant qu'il a son déjeuner, qu'est-ce que tu veux ? demanda-t-il en essuyant le plan de travail où il avait préparé le fruit frais et l'avoine pour son garçon.

— Toi.

Erik me regarda par-dessus son épaule musclée. Le feu dansait dans ses yeux.

— Peut-être pendant sa sieste ?

— Oui, la sieste, c'est bien.

Il nous fit des sandwichs, épais, avec de la salade de thon et de la laitue. Nous avions des frites au fromage ainsi que du soda. Noah mangea bien, mais assez salement, jetant sa cuillère par terre, sur la table, sur mes cuisses, et sur le torse de son père.

— Tu as entendu les rumeurs selon lesquelles on va essayer d'acheter Max Van Hellren de Washington ? demanda Erik tandis que nous mangions nos sandwichs.

— Arvy le dit, oui. J'ai vu sur le groupe Facebook qu'il a signé hier soir.

— Oh. Je ne fais partie d'aucun de ces groupes.

— Pourquoi tu n'es pas dans groupe ?

Il plissa le nez.

— Personne ne me veut dedans, j'imagine ?

— Pff, stupide. Je te veux dans groupe. J'ajoute toi. Je mets toi dans groupe Pokémon aussi.

Je sortis mon téléphone et trouvai facilement l'application Facebook. Erik protesta, mais au final, il termina dans les groupes.

— Voilà, tu joues Pokémon maintenant.

— Je ne joue pas au Pokémon, dit-il en essuyant le visage endormi de son fils avec un torchon mouillé et chaud.

— Tip top facile. Je t'apprends, répondis-je quand il nettoyait les joues du garçon. Tu as balles. Tu sors. Tu cherches Pokémon. Tu jettes balles. Tu attrapes Pokémon. Beaucoup entraînement. Bats autres entraîneurs. Gagne jeu ! Tu vois. Tip top facile. Tu dois avoir tatouage pour être membre du club.

Erik gloussa.

— Oh, alors c'est pour ça que tu as un tatouage. Tant que c'est tip top facile, alors j'imagine que ça va aller.

Il enleva le plateau de la chaise haute et prit le bébé dans ses bras.

— Je vais le mettre au lit.

— Je donne un bisou bonne nuit peut-être, s'il te plaît ?

Erik acquiesça.

Je me levai et déposai un baiser sur les belles boucles de Noah.

— Joyeux rêves, petit lapin, lui chuchotai-je.

Puis je reculai pour laisser de la place à Erik afin qu'il puisse me contourner.

Pour une quelconque raison, je le suivis dans le petit appartement. Il posa le bébé endormi dans son berceau, mit une couverture jaune et moelleuse sur le petit et ferma les volets. Noah ne fit pas un seul bruit, s'endormant simplement comme un ange.

Erik avança vers la porte que je bloquais.

— Tu es bon père, lui dis-je d'une voix aussi douce que les petites respirations de Noah.

— J'essaie.

Je le pris par le poignet et le guidai hors de la chambre du bébé. Il ferma la porte, puis aplatit son dos contre le mur. Je pris son autre bras et levai ses deux mains par-dessus sa tête. Il se lécha les lèvres tandis que ses pupilles se dilataient sous le coup du désir.

— Te voir avec lui donne à moi encore plus envie de toi, chuchotai-je pour ne pas réveiller Noah.

Erik grogna et se mit sur la pointe des pieds, essayant de poser sa bouche sur la mienne. Je me détournai de ce baiser et enfouis mon visage contre son cou à la place, gardant ses mains au-dessus de sa tête.

— Je pense qu'à ça. Toi. Moi. Baiser. Torride.

Je lui mordillai la gorge, lui arrachant de longs et rauques gémissements de plaisir. Chaque fois que je mordais, il frissonnait. Je lui laissais des marques sur sa peau pâle avec une telle application que mon érection palpitait fortement.

— Je vais prendre toi dans ma bouche. Tu jouis. Garde tes mains là-haut.

J'appuyai le dos de ses mains contre le mur pour accentuer ce que je voulais.

— Oui, d'accord, oui.

Il haleta et se tortilla, sa hanche frottant contre la mienne.

— Embrasse-moi.

J'étais heureux de le faire. Sa réponse sur mes lèvres fut explosive. Sa langue sortit pour glisser sur la mienne. Il embrassait si bien, avec tant de ferveur que je le tins simplement en place et le goûtai un long moment. Nous nous balançâmes l'un contre l'autre, nos érections se taquinant et se frottant au point de nous rendre fou.

— Garde tes mains ici, grognai-je.

Puis je me mis à genoux, sur la fine moquette qui n'était pas très rembourrée, mais qui s'y intéressait ? Erik était là où il le voulait et moi aussi.

Je libérai son sexe, laissant son pantalon sur ses hanches et sortant juste son érection. Je tombai dessus, le prenant au plus profond de ma gorge. Ses fesses se cambrèrent contre le mur. Les mains sur ses fesses serrées, j'instaurai un rythme. Erik était toujours conciliant, impatient de satisfaire, d'être baisé et de sucer. Nous étions parfaitement assortis, puisque j'aimais les amants qui réalisaient mes souhaits au lit. Qui me permettaient de leur faire l'amour brusquement et pourtant tendrement.

Mes doigts malaxèrent ses fesses au-travers de son jean. Ses doigts triturèrent le placo quand j'accordai une attention particulière au-dessous de son sexe, le caressant avec ma langue en massant sa peau.

— Merde, je vais jouir, gémit-il.

Je le pris en main et serrai la base de son sexe, ardemment. Il rejeta la tête en arrière, l'écrasant contre le mur. Son orgasme le frappa comme s'il venait de se faire heurter par un camion, ses genoux cédant et il laissa échapper des bruits érotiques. Il jouit sur ma joue et mon épaule, son sexe pulsant quand je fis des va-et-vient avec des caresses longues et impatientes.

Je poussai sur mes pieds et il me sauta dessus. Il m'embrassa, me léchant le cou et la mâchoire, murmurant qu'il en voulait plus, qu'il avait besoin de plus, qu'il aimerait plus. Nous titubâmes dans la chambre pour trouver les préservatifs et le lubrifiant. Ceux qu'il gardait pour moi, toujours pour moi. Les vêtements volèrent par terre. Erik s'allongea sur le lit, ses jambes contre son torse, son trou serré exposé pour moi.

Le voir comme ça m'essoufflait et me rendait à moitié fou de désir. Je couvris mon sexe avec le latex et avançai vers lui, le lubrifiant en main, mon regard se posant sur son orifice plissé.

J'ouvris le couvercle et appuyai. Le liquide glissa sur ses testicules et ses fesses, puis sur la couverture sous lui. Utilisant le bord du lit pour poser mes genoux, j'attrapai ses jambes et l'attirai contre moi. Je m'accroupis à moitié pour que l'extrémité de mon sexe le pénètre lorsque ses fesses seraient au bord du lit. La vue de ses fesses aspirant ma verge me fit entrer dans un autre monde. Un endroit de pur plaisir sexuel.

— Remonte, grognai-je.

Je donnai un brusque coup de rein pour le pénétrer, puis me penchai pour le relever du lit. Il écarquilla les yeux une seconde, puis ses paupières vacillèrent lentement avant de se fermer. Il passa ses bras autour de mon cou et ses jambes m'encerclèrent. Je me relevai. Erik ondula encore avant de se figer. Il gémit.

— C'est trop ? demandai-je avant de me tourner vers mon but, le mur.

— Non, merde, non, ce n'est jamais trop, grinça-t-il.

Puis ses épaules et son dos heurtèrent le mur dans un coup puissant.

— Ah ! Oh, Stan.

— Dis-moi encore c'est juste pour moi.

Je donnai un coup de rein vers le haut et son corps se resserra autour de moi, m'obligeant à aller plus profondément.

— Dis-moi qu'amour est juste pour moi. Dis-le-moi Erik. S'il te plaît.

— Pour toi. Toujours pour toi. L'amour est... merde, je ne peux pas... te parler, là... tellement profond.

Je gloussai à cause de son rire bredouillé, puis je le pris comme si c'était la dernière fois que je m'envoyais en l'air. Erik me serra plus fort, il était le soumis parfait, torride pour mon érection, et expressif. Il cria mon nom, enfonça ses doigts dans mes épaules et mon cou, puis roula des hanches quand je donnai un coup de rein vers le haut.

Les mots quittèrent ma bouche, mais je n'étais pas sûr de savoir s'ils étaient anglais ou russes. Mon orgasme me heurta par derrière, faisant faiblir et céder mes jambes. Je fis de brusques va-et-vient, allant aussi profondément que possible. Il chuchota, gémit et supplia. Son sexe était épais et dur, maintenant, appuyé entre nous. Je le sentis mettre la main dessus tandis que je pris mon équilibre sur mes orteils. Il jouit alors que je me remettais de mon orgasme. Sa semence tacha nos torses et nos ventres.

Ma bouche s'appropria la sienne quand son orgasme le submergea.

— Je meurs, dit-il en caressant son sexe, faisant des mouvements agressifs.

— Je meurs aussi. Non, je suis mort.

— Ta queue est sacrément dure pour un mec mort.

— C'est Didier Cadavid.

— Ah, merde... quoi ?

— Être mort et corps dur.

— Tu veux dire rigidité cadavérique ? gloussa-t-il.

J'y réfléchis un moment, acquiesçai, puis ris également quand je le posai sur le lit et m'allongeai sur lui, tombant sur lui, nous enfonçant dans le matelas fin.

— Oh, Stan, comme tu m'avais manqué.

Il continua à rire tandis que j'enlevais le préservatif

usagé et le laissait tomber dans une petite poubelle à côté du lit.

— Tu m'as manqué aussi. Tellement. Mauvais cœur brisé. Tu me brises pas encore ? S'il te plaît, dis que tu fais pas ça.

Je n'avais pas voulu que cela devienne si sérieux et triste, mais le tenir contre moi alors que nous souriions et nous touchions me faisait vraiment peur. J'avais fait ça auparavant, je l'avais tenu contre moi, nous avions parlé d'amour et d'avenir, et il avait fini par s'enfuir. Oui, je sais. Il avait eu Noah et faisait ce qu'un homme devrait faire. La responsabilité envers la famille passait toujours en premier. Je comprenais son choix et adorait son Noah, mais tout de même, la peur qu'il me brise encore en minuscules morceaux était forte à nouveau.

— Je promets de ne plus jamais te briser.

Sa réponse était un don pour mon âme. Je déposai un baiser doux et tendre sur ses lèvres. J'aurais aimé mieux parler anglais pour qu'il connaisse la profondeur des sentiments que j'avais pour lui. Je l'attirai contre moi, son torse contre mon flanc. Je passai mes doigts dans ses cheveux quand nos corps refroidirent, la semence séchant en un bordel poisseux. Nous nous attardâmes ainsi un long moment, ses yeux fermés quand je dessinai des cercles lents sur mon ventre tandis que je jouais avec ses cheveux.

— Noah sera bientôt réveillé, dit-il, sa voix aussi molle que nos membres.

— Je vais me doucher.

Je déposai un baiser sur ses boucles rebondissantes, glissai loin de son corps et me relevai.

— Oh, hé, tu peux juste te laver dans l'évier ? Amy a

fait un peu de nettoyage et le ballon d'eau chaude est merdique.

— Pourquoi tu vis dans maison pauvre ?

Il s'assit au bord du lit, ébouriffé, beau et soudain triste.

— Tu joues hockey pro. Tu gagnes beaucoup argent.

— Pas tellement. J'ai dû donner une tonne de cash à mon ex pour tout régler.

Ce qu'il m'avouait ne voulait pas dire grand-chose pour moi.

— Tu as donné tout argent à ex ?

— En grande partie. Mais ce n'est pas grave. Je peux lésiner sur le dépenses pendant quelques mois et ensuite...

— C'est quoi, lésiner ?

— Compter ses sous. Genre, euh, économiser. Ne pas dépenser l'argent quand on le peut ?

Il leva les yeux vers moi, alors qu'il regardait avant la moquette fine.

— Tu fais beaucoup de lésine, déjà.

— Non, c'est cool. Vraiment. C'est pire que ça en a l'air parce que je n'ai pas le temps de décorer.

Je lui lançai un regard mafieux. Non. Attendez. Un regard méfiant.

— Sérieusement, dès que j'aurais quelques jours de libre, je déballerai mes cartons et j'accrocherai quelques photos au mur. Ça ressemblera à un palace, là-dedans.

Je ne le croyais pas du tout, mais ce n'était pas à moi de lui dire comment vivre. Pourtant...

— Tu pourrais pas faire de lésine et vivre avec moi.

Il me regarda comme si Baryshnikov dansait le Lac des Cygnes sur ma tête.

— Euh, quoi ?

— J'ai pas dit en bon anglais ? Toi et Noah, vous

pouvez vivre avec moi. Garder argent pendant plusieurs mois et trouver bonne maison. Ma maison est bien. Grande. Tu vois maison. Tu aimes maison, oui ?

— Oui, bien sûr, c'est une belle maison, mais…

Je hochai la tête.

— C'est belle maison. Beaucoup chambres. Et Galina est là pour aider nourrice avec travail pendant beaucoup semaines encore.

— Je ne peux pas demander à ta sœur de…

— Il y a aussi chat, Lucy. Animal pour Noah. Grand jardin. On fait clôture autour jardin. Garder Noah en sécurité l'été quand jouer au baseball dehors.

Plus j'y réfléchissais, plus je le voulais. Erik, Noah, Galina. Tous chez moi. Faisant résonner la maison de rires et d'amour. Si seulement je pouvais faire venir Mama…

— Stan, je ne peux pas simplement emménager avec toi.

— Pourquoi tu dis non ? Ma maison est bonne. Plus bonne que ça.

J'agitai une main vers les murs mal peints.

— J'entends gens au travers des murs. Mauvaise odeur dans couloir. Ma maison a bonne odeur, comme cuisine russe. Cet endroit sent comme litière de chat.

— Le voisin a cinq chats. L'odeur transperce plus ou moins les murs, confia-t-il.

Je jetai les mains en l'air et lui lançai un regard confus.

— Alors pourquoi pas venir chez moi où odeur est douce comme *tula pryanik* ? Pain d'épice russe, ajoutai-je quand il eut l'air confus.

— Et la presse ?

— On dit vieil ami emménage pour trouver nouvelle maison. Personne pense amour gay. Tu vois, fin heureuse !

— Je ne suis pas gay, je suis bi.

Pff. Pourquoi se comportait-il en tête de nul, comme Adler disait ?

— Oui, je sais. Tu couches avec femmes aussi. Personne pense amour gay ou bi, alors. Tu vois, j'ai réglé. Amène affaires de toi chez moi.

— Non.

— Pourquoi non, encore ?

— Parce que je gère. Je peux prendre soin de mon fils sans qu'on me fasse l'aumône. Je vais te chercher un gant.

Il se leva et avança vers moi, sa mâchoire serrée. Je l'attrapai quand il passa, l'attirant fermement contre moi. Puis je posai une main sur sa joue, levant son regard colérique vers mon visage.

— Je dis pas que toi mauvais père.

J'embrassai ses lèvres inflexibles.

— Toi bon père. Beaucoup d'amour pour fils. Tu travailles dur. Homme fort. Amène Noah et affaires ici ? répétai-je.

Il soupira profondément, puis fondit contre moi, avant de faire taire cette discussion sur l'argent d'un baiser sur ma bouche.

— Pas penser dollars, insistai-je.

— Je payerai ma part, dit-il en se blottissant dans mon cou.

— On est bon, mec ?

Quelque chose dans ce que je venais de dire le fit rire.

— Laisse-moi deviner. Tennant Rowe dit tout le temps ça ?

— Oui, bien. J'apprends beaucoup expressions branchées avec Tennant.

— Peut-être que je peux aussi t'aider à apprendre des expressions branchées, maintenant.

Il me mena vers la minuscule salle de bain au bout du couloir, où nous nous lavâmes mutuellement, en nous échangeant de tendres baisers.

— Si tu veux ?

— Je veux beaucoup.

TREIZE

Erik

———

— Les derniers papiers sont en chemin, m'annonça mon avocat de l'enfer dès que je décrochai le téléphone.

C'était le troisième coup de fil que j'avais pour me dire que les papiers étaient prêts.

La première fois, les avocats de Freja avaient demandé à ajouter une section sur ma seule responsabilité envers Noah, financièrement et en termes de bien-être. J'étais convaincu d'avoir lu un paragraphe là-dessus, mais non, les avocats disaient que ce n'était pas assez clair.

La seconde fois, il y avait eu un ajout sur ce qui était de notoriété publique et une mise en garde sur ci et sur ça. Qui diable comprenait ? À moins d'avoir un diplôme en droit, il était impossible de démêler tout ce charabia.

Au final, je ne voulais rien avoir à faire avec Freja. Pas d'argent pas de statut, pas de reconnaissance.

Tout ce que je voulais de sa part, c'était la promesse qu'elle penserait toujours à Noah si l'occasion se présentait et qu'il était nécessaire de parler de lui. Oh, et je ne voulais jamais qu'elle me le réclame ou qu'elle veuille la garde partagée ni discuter des visites avec moi. Je devais penser à Noah, mais lorsque nous avions commencé cette aventure, c'est-à-dire quand je m'étais assis avec Freja et que j'avais dit que je souhaitais qu'elle mène la grossesse à terme, cela semblait tout simple. J'avais donné de l'argent à son association, beaucoup d'argent, elle avait pris un congé sabbatique, Noah était né et sa partie s'était terminé.

Bien sûr, j'avais su qu'il y aurait des problèmes avec la presse, mais en Suède, nos journaux n'étaient pas aussi intrusifs qu'ici, aux États-Unis. Nous avions décidé d'être parfaitement honnêtes quant à nos intentions, dès le premier jour. Mais en général, Freja et moi étions adultes et nous n'avions pas besoin de papiers pour faire comme il fallait.

Sauf si nous voulions faire les choses correctement.

Il y avait tellement de papiers, d'heures à payer pour les avocats. J'en étais arrivé au point où j'étais paranoïaque à l'idée que si je signais quelque chose qu'il ne fallait pas, les autorités allaient se pointer et emmener Noah. Maintenant, j'étais certain de vouloir que chaque angle légal soit exploré.

— C'est certain ? demandai-je à Lester, mon avocat et mon soutien dans toute cette affaire.

— Nous avons un codicille supplémentaire concernant Noah, lorsqu'il atteindra l'âge de la majorité.

— C'est-à-dire ?

— C'est-à-dire quoi ?

— Quel est l'âge de majorité établi pour Noah ?

— Dix-huit ans, répondit Lester.

Pourquoi utiliser un langage compliqué alors qu'il aurait pu dire dix-huit ans directement ?

— Et ? le poussai-je.

— Le codicille n'est pas mal, murmura Lester.

C'était comme s'il n'était pas au téléphone avec moi, mais qu'il se parlait à lui-même. Je l'avais rencontré une fois, il était tout en ventre et en fanfaronnade, mais au moins, il semblait savoir ce qu'il faisait.

— Oui, oui, dit-il.

Noah rebondit sur son siège et écrasa le reste de biscuit dans sa main, couinant d'enthousiasme. J'aurais aimé être dans une chaise haute, qu'on me donne des biscottes et des bananes, plutôt que de devoir gérer des avocats.

— Que se passera-t-il quand Noah aura dix-huit ans ? insistai-je à nouveau.

La frustration devait être apparue dans mon ton, puisque Lester émit un petit bruit réprobateur qui me fit lever les yeux au ciel.

— Tout est normal, dit Lester. La responsabilité financière, le financement de l'université et tout ça.

Nom de Dieu, quand ce mec allait-il parler avec des phrases complètes ?

— Je couvre tout ça. Je vais ouvrir un compte et y déposer de l'argent pour financer son inscription à l'université.

Dès que j'irai à la banque, je le ferai

— Absolument. C'est plus ou moins ça, la responsabilité et tout ça.

Puis il y eut un silence.

— Lester, quand aurais-je les papiers ?

— Bientôt. J'aimerais organiser une rencontre.

Encore une rencontre. Encore de l'argent. J'aurais aimé en savoir plus sur le côté légal pour le critiquer, mais qui étais-je pour savoir ce qui était bon ou mauvais ? Peut-être que le divorce et le statut de parent principal nécessitait que je me rende au grand immeuble vitré de Lester, dans son cabinet *Lester et Merrin*, pour la neuvième fois.

— Quand ?

— Vendredi, ça vous irait.

Match en extérieur. Merde.

— Non, ce n'est pas un bon jour pour moi.

Je ne pris pas la peine d'expliquer le concept d'un match en extérieur après la dernière fois, quand Lester avait suggéré, plein d'espoir, que l'équipe mette un remplaçant. Je n'avais pas expliqué que ça ne se passait pas ainsi, que nous n'avions pas de remplaçants au hockey et que ce n'était pas facile pour les joueurs de s'absenter.

Lester émit un nouveau bruit réprobateur.

— Lundi ?

Je jetai un coup d'œil au calendrier sur le mur. Lundi paraissait être un jour libre.

— Ça pourrait le faire.

— À dix heures quarante-cinq, on signera les derniers papiers, monsieur Gunnarsson. On y est presque.

Waouh, il essayait vraiment de me rassurer ?

Quelque chose m'arriva en plein visage et sans y réfléchir, je l'essuyai. De la biscotte mâchonnée. Je raccrochai et me mis face à Noah.

Au moins, sous tout ce lait et ces morceaux de biscotte, se trouvait mon fils.

— Viens, petit, gars, on doit te nettoyer.

Je le levai de ma chaise et jetai un coup d'œil à l'horloge. Amy serait là dans une heure, Stan peu de temps après. Je ferais aussi bien faire prendre un dernier bain au bébé, ici. Moi, Noah, et le crachin de ce tuyau merdique dans la douche. Noah aimait l'eau et il agita ses mains d'excitation quand j'ouvris le robinet. L'eau était chaude, la pression, pathétique, mais Noah fut propre. Je réussis même à me laver les mains et le visage. Habillé avec les derniers vêtements que j'avais laissé sortis, je me tenais au milieu de l'appartement et tentais de me sentir nostalgique. Respirant alors l'odeur de l'urine de chat, je me dis que la nostalgie, c'était surfait.

Amy arriva à dix heures, me prit Noah des bras, et je restai seul dans l'appartement. Moi et mes cartons remplis.

À dix heures trente, Stan était devant la porte. Avec Ten, Jared, Toly, Charlie et Dieter, qui entrèrent tous d'un coup, je me rendis compte que le petit espace n'était *tellement* pas adapté pour deux joueurs de hockey, alors encore moins pour tout un groupe.

— Nom de Dieu, ça pue ici, annonça Adler.

Il grimaça quand Ten lui donna un petit coup dans les côtes.

— Pardon, marmonna-t-il.

— Tu as raison, ça pue.

— Je demande aide, déclara Stan en prenant le premier carton. Arrêtez sur odeur de chat.

Je fis un *check* du poing à tout le monde et les remerciai. En trois allers-retours, nous avions rempli le van loué avec mes cartons et ceux de Noah. Amy venait également avec nous, mais elle déménageait séparément.

— Tu es sûr de vouloir partager la maison de monsieur je-parle-pas-anglais ? fit remarquer Ten.

Il se pencha quand Stan voulut lui faire une prise d'étranglement.

Jared le retint et Stan lui mit un petit coup dans les côtes. Il y eut des rires et, bon sang, je me rendis alors compte que je pourrais vraiment avoir des amis dans cette équipe.

Nous arrivâmes chez Stan dans un convoi composé d'un van et de voitures, nous arrêtant en demi-cercle devant la maison. Stan ouvrit l'un des garages et nous fit signe d'entrer.

— Stockage, expliqua-t-il. Tout à l'intérieur.

Tout le monde suivit mes instructions. Quelques-uns des cartons pouvaient être stockés ici, mais toutes les affaires de bébé et les vêtements iraient là où Stan me laisserait m'installer.

Il s'avéra qu'il me laissa ce que Ten décrivit comme la meilleure aile. C'était moins une aile qu'un côté de la maison complètement vide, où il y avait une chambre pour moi et une nursery attenante. C'était cette chambre de bébé qui m'avait stoppé, sous le coup du choc. Je m'étais attendu à une pièce simple et vide, mais il avait tout transformé en nursery. Une véritable chambre d'enfant. Peinte dans un bleu pâle. Sur l'un des murs, se trouvait un grand dessin représentant une famille de lapins en train de pique-niquer. Les détails étaient incroyables. Je voyais le soleil, les oiseaux et un hérisson. Toute l'image représentait une histoire. Il y avait un berceau parfaitement assemblé, ce qui faisait honte à mon petit lit parapluie, avec des draps blancs. Il y avait également toute une table pour le changer avec une armoire et des étagères remplies de peluches.

— Tu aimes ? demanda Stan.

Il semblait nerveux, comme s'il pensait peut-être en avoir trop fait, ou que je détesterais.

— Waouh, fut tout ce que je pus dire.

Je tournai sur moi-même pour tout observer. C'était la chambre que mon fils méritait. C'était ce que je voulais lui offrir.

Stan montra la fresque.

— C'est Galina qui l'a peinte, déclara-t-il.

— J'espère que ça ne te dérange pas, dit une petite voix à ma gauche.

Je me rendis alors compte que la sœur de Stan, Galina, était dans la pièce, avec Noah contre sa hanche.

— C'est toi qui a peint ça ?

Elle acquiesça et plissa juste légèrement le nez, tout comme Stan le faisait lorsqu'il était embarrassé.

— C'est magnifique, tu es si talentueuse.

Elle haussa les épaules, mais au moins, elle me sourit.

— Et le reste ? J'ai demandé à Amy, elle m'a donné une liste de ce dont Noah avait besoin, mais s'il manque quoi que ce soit…

Je l'enlaçai du mieux que je pus, avec Noah contre elle.

— C'est trop, dis-je.

— Jamais trop beau pour petit lapin, intervint Stan.

Il tendit les bras pour prendre Noah, qui était ravi du transfert, cognant le nez de Stan avec son poing.

Les mecs restèrent tous pour manger une pizza, mais je passai du temps dans la chambre d'enfant à trier les vêtements au lieu de les rejoindre pour boire des bières. J'avais besoin de cette liberté, le temps de regarder mon fils dormir dans son berceau et de m'habituer à l'idée de vivre ici.

Stan m'avait offert cet espace et j'avais désespérément besoin de ne pas être seul. Je ne m'attendais pas à une aide financière. Je voulais payer ma part, je voulais être le seul à me charger de Noah, mais j'avais vu la chambre qui était la mienne, décorée dans des couleurs pâles. Il y avait un immense lit, en chêne bien solide, avec des draps bleus et une lampe de chaque côté. Je mourais d'envie d'être ici avec Stan.

Allait-il s'agir uniquement de mon lit ? Ou Stan me rejoindrait-il ? Était-ce *notre* chambre ? Avait-il dit clairement à Galina que nous étions ensemble ?

J'allumai le baby phone et partis dans ma chambre, fermant à moitié la porte et vérifiant que je pouvais entendre les bruit doux et étouffés du mobile au-travers de l'appareil. Puis, parce que j'avais brusquement besoin de compagnie plutôt que de silence, je finis par descendre. Je ne voyais Dieter ou Toly nulle part, mais Tony et Jared étaient ici. Ten avait relevé ses jambes sur les cuisses de Jared, riant de quelque chose qui venait juste d'être dit.

— Aidez-moi avec ça, les mecs.

Je me retournai pour voir de qui il s'agissait, souriant en voyant Arvy boitiller sur ses béquilles, mais bien debout et capable de se déplacer. Je lui pris les bières des mains et restai près de lui quand il s'avança vers le canapé, Galina non loin derrière lui, portant tout genre de friandises sur un plateau. Je posai le baby phone sur une table avec des bières et m'assis à côté de Stan sur l'un des canapés. Il y avait tellement d'espace entre nous que je ne pouvais le toucher, mais ce n'était pas grave, puisque tout le monde rentrerait bientôt chez soi.

Galina aida Arvy à s'asseoir, puis elle se blottit contre lui, posant sa tête sur son épaule. Il y avait peut-être de l'espace entre nous, mais j'aurais pu jurer que j'avais entendu Stan grogner.

— Football, c'est plus d'argent, marmonna Stan.

Il but une gorgée de bières, toussant quand il avala clairement de travers.

— Pas joueur de hockey fauché.

Galina fronça les sourcils devant lui et entrelaça ses doigts avec ceux d'Arvy. Oh, alors ils avaient un truc tous les deux.

— Ne commence pas, Stanislav, dit Galina dans un bon anglais.

Stan répondit apparemment en russe, mais j'aurais pu parier qu'il y avait quelques jurons.

Galina se raidit à côté d'Arvy. Elle avait l'air furieuse. Je me disais que peu importe ce que Stan venait de dire, il n'accueillait pas Arvy à bras ouverts dans la famille. Elle se pencha délibérément contre lui, prit le visage d'Arvy en coupe et l'embrassa profondément. Arvy s'agita légèrement au début, puisqu'il ne s'y était évidemment pas attendu, mais il passa ensuite un bras autour d'elle et la serra contre lui après le baiser. Stan les regarda fixement et inclina la tête. Arvy s'éclaircit la gorge.

— J'aime Arvy, annonça Galina d'un air dramatique.

Arvy écarquilla les yeux avant de la regarder.

— Ah bon ? demanda-t-il d'une voix incrédule.

— Oui, je t'aime, répéta-t-elle.

— Mon Dieu, je t'aime aussi, répondit-il avant de l'embrasser à nouveau.

Stan marmonna quelque chose. Puis, lançant un regard noir avec ses bras croisés sur son torse, il fit une déclaration pour souligner toute sa pensée.

— Tu fais mal, je te tue.

Arvy acquiesça, puis serra davantage Galina contre lui. Un chat marron à poils longs sauta et s'installa dans l'espace entre Stan et moi, tâtonnant sur le tissu, puis s'enroulant dans une boule de poils ravie. Je tendis la main pour la caresser, supposant qu'il s'agissait de Lucy et elle ronronna pour moi, dans un petit pépiement, avant de pousser ma main. À mon avis, je l'avais surprise, mais lorsque je levai les yeux, je vis que Stan souriait d'un air approbateur et je continuai de la caresser un moment.

— Alors, Erik, dit Ten pour briser le silence. Maintenant, c'est Stan qui a besoin d'un câlin.

Je lui lançai un regard choqué. Je *savais* que j'avais l'air choqué, parce que ce qu'il venait de dire... c'était un secret... c'était... oh, bon sang.

Jared soupira et pinça le jean de Ten.

— On ne devait rien dire.

Ten secoua la tête.

— On est entre amis et rien ne sortira de cette pièce.

Stan me regarda. Je pouvais le voir dans ma vision périphérique. Au point où nous en étions, nous pouvions faire ce que nous faisions à l'extérieur : nier ce qu'il se passait ici, nier que nous avions plus qu'une amitié... ou alors nous pouvions...

Je ne pus achever ma pensée puisque Stan prit Lucy dans ses bras, la serra contre lui et bougea. Le canapé s'inclina quand le grand homme fut à mes côtés, son bras sur mes épaules et Lucy sur ses genoux.

— À la maison, je fais, annonça-t-il.

Stan posa son menton sur ma tête, tout comme il le faisait à Helsinki, me serrant contre lui. Et tout ce que je fis, fus de m'appuyer contre lui, puisque j'avais appris aujourd'hui que j'étais avec des amis.

QUATORZE

Stan

LES DEUX PREMIÈRES SEMAINES AVEC ERIK, NOAH ET GALINA chez moi passèrent à toute vitesse. J'avais toujours rêvé de ce genre de vie. Une immense maison avec une famille qui remplissait chaque pièce. Mon cœur était comblé. Presque. Nous devions encore faire venir Mama en Amérique. Oui, elle venait. Tout ce que j'avais fait, c'était de l'acheter en utilisant Noah.

Lui expliquer qu'Erik vivait avec moi en tant que petit ami secret avait été simple. Mais lui faire comprendre qu'il avait été marié à une femme et qu'il avait eu un enfant ? Il avait fallu que je lui explique doucement ce qu'était la bisexualité. Bien qu'elle ne puisse pas vraiment comprendre qu'une personne aime les deux sexes, elle était prête à l'accepter en tant que fait confus, comme la gravité. Ça non plus, elle ne le comprenait pas, mais elle l'acceptait. Ou comment la télévision fonctionnait, par exemple. En plus, elle l'acceptait sans connaissance profonde des détails exacts.

J'avais essayé de remplir des papiers pour Mama, mais

j'avais fini par m'agacer et être totalement paumé avec la paperasse et le langage indéchiffrable du gouvernement. Erik m'avait encouragé à transmettre tout ça aux avocats de l'équipe, donc je l'avais fait et j'avais espéré qu'ils s'occuperaient de tout pour Mama.

La vie était remplie de tellement de joie, maintenant. Noah était un bonheur. Galina avait pris une pause prolongée à l'école pour s'occuper d'Arvy et Erik était chez moi, même dans mon lit la plupart des nuits. Ma vie était si douce et étincelante, ce qui avait un impact sur ma façon de jouer. Les Railers avaient semé la défaite et jouaient maintenant avec une puissance de feu. Le nombre de buts que je prenais descendait, tandis que mon nombre d'arrêts grimpait.

Je ne m'étais pas senti aussi bien depuis plusieurs années et je voulais m'assurer qu'Erik sache à quel point il était spécial pour moi. J'avais pris le temps de chercher le cadeau de Saint-Valentin parfait pour lui. Adler avait eu beaucoup de suggestions. La plupart impliquaient de l'or et des diamants. Tennant m'avait dit de lui faire un cadeau qui venait du cœur, mais j'ignorais totalement ce que ça signifiait. Après un match la semaine dernière à Philadelphie, j'avais demandé à Trent un conseil pour un cadeau que je pouvais trouver sans me faire mal au cerveau à force de réfléchir. Il m'avait attiré sur le côté et m'avait montré un petit site Internet qu'il aimait visiter.

— Crois-moi, tu lui donnes ça, plus une dizaine de roses et il sera à toi.

— Je dis pas que c'est pour homme, me dépêchai-je de clarifier.

Trent tendit la main pour me tapoter la joue et s'en alla, ses hanches se balançant quand il alla trouver Dieter. Ce n'était pas grave qu'il soit au courant, même si j'ignorais comment il l'avait su. Trent ne nous trahirait jamais, Erik et moi, et je l'aimais bien. Il m'avait rendu plus rapide dans mes parades et portait toujours des vêtements vifs et festifs.

Ce matin de Saint-Valentin, je réveillai Erik avec un petit baiser dans le cou, qui se termina sur la bouche, mes doigts s'entremêlant dans ses boucles, jusqu'à ce qu'il bande autant que moi.

— Allonge-toi. J'ai bon cadeau pour toi.

Ses yeux verts étaient aussi chauds qu'un feu que j'avais vu dans un jeu vidéo. Il était tout aussi magique également.

Je le laissai dans mon lit juste un moment, attrapai le petit sac dans mon tiroir de sous-vêtements et retournai vers lui. Il bougea pour se relever. Je posai une main sur son torse et appliquai de la pression, gardant son dos contre le matelas épais.

— Mon cadeau pour toi, c'est une réservation ce soir chez *Le Button*, dit-il en triturant le petit sac cadeau.

Je pliai mes jambes sous moi, utilisant mes mollets comme siège. Il plissa les yeux lorsqu'il sortit le récipient avec des rubans argentés et rouges qui pendaient. La retournant, il vit l'étiquette et sourit d'un air immoral.

— De la peinture corporelle en chocolat ?

— Oui. Je te peins, je te lèche. On s'amuse.

— Envisager de faire ça ce soir va me donner chaud toute la journée.

— On fait maintenant.

Je lui pris le pot des mains, enlevai le couvercle et respirai l'odeur de chocolat. Puis je sortis le petit pinceau du sac cadeau.

— Il doit être chaud. Tu vas nulle part.

Je descendis les escaliers en trombe, mon érection rebondissant, puis je jetai le récipient dans le micro-ondes au-dessus de la cuisinière et attendis. Dès que la sonnerie retentit, j'ouvris la porte du micro-ondes, attrapai le pot brûlant et retournai dans la chambre. La porte de celle de Galina était ouverte, donc je me précipitai, utilisant le récipient pour couvrir mes parties génitales. Je courus vers mon amant, impatient de peindre son corps.

Entrant dans la suite parentale, je faillis trébucher sur mes grands pieds quand je posai les yeux sur Erik. Il était resté juste là, où je lui avais dit de rester. Son poing faisait de lents va-et-vient sur son sexe. Sa langue passa sur ses lèvres pour les humidifier. Mon sexe palpita davantage.

— À quatre pattes, dis-je d'une voix rendue plus rauque par le désir.

Il obéit rapidement à cet ordre, mettant ses fesses en l'air, ses bras tendus devant lui alors qu'il posait son nez sur les couvertures et les oreillers.

— Je peins tes fesses et je les lèche. Ensuite tes boules. Ensuite ta queue et je te laisse glisser au fond de ma gorge.

Je posai le chocolat chaud sur la table de nuit, attrapai ses hanches et tirai brusquement. Lorsque ses genoux se retrouvèrent au bord du matelas, je pris un moment pour apprécier la vue de son trou serré, mis à nu pour moi, celle de ses testicules lourds et de son sexe épais qui pendaient. Je les goûterais tous avant que le soleil se soit entièrement levé.

— Stan…

Il était essoufflé et rempli de désir. Je saisis l'une de ses fesses et la serrai fermement, puis je pris le chocolat. Le pinceau fut trempé de délice sucré. Des gouttes épaisses tombèrent sur le tapis et la couverture. Je dessinai une grande bande de chocolat de la base de sa colonne vertébrale jusqu'à ses testicules.

— Oh… c'est sympa.

— C'est encore plus sympa.

J'en versai davantage sur la fente de ses fesses et le regardai couler sur son orifice. Puis, avec peu d'intérêt pour le récipient ou comment il était posé sur le lit, je me mis à genoux et enfoui mon visage entre ses fesses glissantes.

— Ah, bon sang, oui c'est encore plus sympa !

Il se cambra en arrière tandis que ma langue taquinait son entrée. Je léchai, donnant des coups de langue, appuyant sur son anus serré, puis l'embrassant, allant autour et à l'intérieur, autour et à l'intérieur, suçotant et grognant. Erik avait arrêté de parler. Un charabia en mauvais suédois se mêla à mes paroles obscènes en russe.

Je passai de ses fesses à ses testicules, prenant l'un de ces globes tendres dans ma bouche, tirant dessus et suçant ardemment avant de s'attaquer au droit. Je le fis de nombreuses fois, plongeant les doigts dans le pot pour recouvrir une nouvelle fois ses fesses. Il donna des coups de reins plus rapides. Je me délectai de ses fesses et de ses testicules, utilisant presque tout le récipient de cinq cents grammes. Il y avait du chocolat fondu partout et c'était un délice à la fois doux et poisseux dont j'avais encore plus envie. Mes doigts recouverts des dernières gouttes de cette sucrerie en train de refroidir, j'enrobai son sexe, puis m'assis par terre, laissant ma tête reposer sur le matelas.

Je guidai son érection vers ma bouche et il prit le contrôle à partir de là. Ses va-et-vient étaient profonds, primitifs, alors qu'il était au bord de l'orgasme. Je pris mon sexe en main et tirai dessus, les doigts trempés de chocolat. Erik me baisa bien la bouche, violemment, jouissant dans un cri. La semence recouvrit ma bouche et ma gorge. Je fis des aller-retours plus rapides sur ma verge, impatient de le rejoindre. Les goûts délectables d'Erik et du chocolat au lait me firent prendre mon pied. Je jouis sur ma main ainsi que sur ma cuisse, suçotant follement tandis qu'Erik me remplissait la bouche avec des coups de reins brefs et rapides.

— Mon Dieu, oh mon Dieu, merde… nom de Dieu, haleta-t-il.

Ma langue glissa sur l'extrémité de son sexe alors qu'il ralentissait le rythme.

— Hmm, fredonnai-je autour de son érection.

Il grogna et trembla.

— C'est la friandise la plus douce qui ait jamais existé, chuchotai-je en prenant le temps de le lécher comme il fallait.

— Il faut plus de ce truc, gloussa-t-il.

Il roula sur le dos, sa belle verge se libérant de mes lèvres. Je passai mes doigts dans la semence recouvrant ma jambe, les yeux fermés, et je me perdis dans mon rêve post-passionnel.

— Je dis surtout merci à Trent. Lui qui me montre bon site Interweb. Beaucoup de choses sexy et marrantes.

— Trent assure.

— Je crois que mes fesses sont collées à couverture par chocolat, dis-je un moment plus tard.

Erik rit doucement au-dessus de moi, puis quitta le lit. J'ouvris les yeux et trouvai un dieu nordique au-dessus de moi, le pénis épuisé et mou, les cuisses recouvertes de chocolat et les yeux mouillés par l'amour.

— Laisse-moi nettoyer ton petit cul.

Il me tendit une main.

Nous allâmes dans la douche, nos mains parcourant avidement le corps de l'autre.

— Je t'aime, gémis-je dans son oreille.

Ses mains savonnées s'activaient sur mes fesses.

— Tu combles ma vie. Noah aussi. C'est comme un rêve réalisé.

Il se cambra contre moi, son sexe se raidissant à nouveau, ses doigts glissant de mes fesses à mon dos.

— On vit un rêve, non ?

Erik se mit sur les orteils pour me mordre la mâchoire.

Je lui fis l'amour dans la douche, m'enfonçant dans ce corps chaud et serré, tout en lui disant à quel point je l'adorais, le vénérais et l'aimais comme un fou. Et, à ma grande joie, il me répéta tous ces mots d'amour.

Après notre douche passionnée, nous nous séchâmes et nous rasâmes, parlant d'une voix basse et familière, comme les amants ou les partenaires peuvent le faire. Nous planifiâmes la journée, discutâmes du dîner super chic qu'Erik avait prévu pour nous. Nous nous habillâmes rapidement, Erik attrapa le baby phone, et nous nous glissâmes dans le hall.

Nous passâmes à côté de la porte de Galina, puis jetâmes un coup d'œil à Noah. Le bébé dormait sur ses deux oreilles, donc nous allâmes dans la cuisine et commençâmes à cuisiner. J'étais affamé, tellement qu'Erik décida de faire ses gaufres spéciales avec les myrtilles. Dans le baby phone, Noah commença à babiller, discutant avec son nouvel ours en peluche tout bleu qui partageait son berceau.

— Tu fais gaufres. Je cherche Noah et réveille Galina. Elle adore gaufres de toi.

— Embrasse-moi d'abord.

Je le fis, avec passion, puis courus dans les escaliers pour aller chercher Noah. Il souriait, mais était mouillé. Après avoir changé tous ses vêtements et lui avoir fait enfiler une couche propre, je le pris et le câlinai. C'était un si bon bébé joyeux. J'embrassai sa joue toute douce, ravi d'avoir rasé mes moustaches épaisses et sombres.

— Viens, on réveille Galina. Regarde elle manger beaucoup gaufres.

— Bah !

Il me tapota le visage quand nous avançâmes jusqu'à la pièce que ma sœur occupait. Calant le petit garçon sur ma hanche, je cognai contre le cadre de la porte.

— Réveille-toi, heure des gaufres, criai-je au-travers de la porte entrouverte.

— Bah, bah, bah, GAH ! hurla Noah.

Je jetai un coup d'œil à l'intérieur de la chambre et vis un lit parfaitement fait, un petit mot posé sur l'un des nombreux oreillers roses.

Me glissant dans la chambre féminine, j'avançai vers le lit et pris le papier sur le duvet épais.

— Elle passe trop de temps avec Arvy, expliquai-je à Noah au cas où il cherchait Galina.

Ouvrant le petit mot, je fis rebondir Noah sur ma hanche quand je lui lus la belle écriture. C'était en russe, mais je le lus en anglais pour lui. Un jour, j'espérais lui apprendre le russe. Erik lui apprendrait le suédois. Ce serait le garçon le plus intelligent de la maternelle.

— Cher Stan.

Je souris à cause de mon... du fils d'Erik qui mordillait son poing.

— Ne sois pas en colère.

Oh. Ce n'est pas une bonne façon de commencer une lettre.

— Qu'est-ce qu'elle a fait, cette fois-ci ? Si elle quitte l'école pour s'amuser avec Arvy, je suis très en colère, dis-je à Noah.

— Bah.

— Ouais, ce serait bof.

Mon regard se riva à nouveau sur la lettre.

— Je n'ai pas de problème. Je suis à Las Vegas.

Je levai les yeux du petit mot. Las Vegas ? Pourquoi était-elle là-bas ? Pour voir notre prochain match ? Mais il n'était que demain, tard dans la soirée.

— Peut-être qu'eux veulent parier et voir match, dis-je à Noah. *Viva Las Vegas.*

— Bah.

— Oui, c'est Elvis. Je cherche des *blue suede shoes* pour toi ce week-end.

Noah commença à s'agiter. Je lus plus rapidement.

— Elle est avec Arvy. Ils sont tellement heureux et amoureux. Elle sait que lui est le bon, alors elle ne veut pas que moi suis furieux parce qu'eux se marier.

— Bah ?

Je regardai la lettre si longtemps que mes yeux s'asséchèrent. Erik cria dans les escaliers que les gaufres étaient prêtes et que Galina ferait mieux de se dépêcher, sinon il les mangerait toutes. Je sortis de sa chambre, la lettre en main, et descendis les escaliers comme un éléphant furieux.

Erik me regarda par-dessus son épaule lorsque je sortis en trombe de la cuisine, son petit sourire s'évanouissant lorsqu'il remarqua mon visage.

— Qu'est-ce qui ne va pas ?

Il se détourna du gaufrier avec une assiette dans laquelle étaient empilées des gaufres aux myrtilles.

— Galina s'en fout avec Arvy ! grognai-je.

Je secouai le papier devant son visage. Il cligna des yeux vers moi.

— Elle partit pour épouser lui ! Elle utilise échelle et sort par fenêtre. S'en fout ! S'en fout !

— Elle s'est enfuie, me corrigea-t-il en me prenant son fils.

Je remplis la cuisine de jurons russes en froissant le petit mot et le jetant dans la poubelle.

— Appelle nounou. Nous allons à Las Vegas maintenant. Je le tue pour être parti avec ma sœur ! Elle a prévu grand mariage dans église. Mama chie des bulles quand elle sait !

— Stan, respire.

Il attacha le bébé dans la chaise haute. Je pris de grandes inspirations. Cela n'aida pas.

— A-t-elle dit pourquoi ils s'étaient enfuis ? Je croyais que les gens ne faisaient plus ça.

— Elle dit pas, mais dit plus tard. Tu peux croire qu'elle dit plus tard !

Erik tenta de me dire des choses tandis que je faisais une réservation pour le premier vol disponible pour Las Vegas. Il me disait que je devais me calmer, que nous avions un match demain, là-bas, alors pourquoi ne pas attendre de la retrouver à ce moment-là, et que je devais me calmer. Il disait surtout de me calmer. Il me disait toujours de me calmer quand nous atterrîmes à l'aéroport international McCarran quatre heures plus tard. Il devrait savoir maintenant que les Russes ne se calmaient pas. Nous trouvions le problème et le tabassions jusqu'à ce que ce ne soit plus un problème.

À l'arrière d'un taxi qui sentait les oignons rouges, j'appelai ma sœur. Encore une fois. Pour la quarantième fois.

— Si elle ne répond pas, ma tête explose, dis-je à Erik.

— Le coach ne sera pas très content qu'on prenne la fuite et qu'on manque l'entraînement du matin, soupira-t-il quand nous roulions dans le désert.

Je grommelai en russe quand le téléphone de Galina sonna encore et encore.

— Elle ne répondra pas.

Non, elle ne répondrait pas, mais à ma grande surprise, Arvy le fit.

— Stan, commença-t-il, laisse-moi t'expliquer.

— Où tu es avec ma sœur ?

— Stan, nous avons une bonne raison.

— J'ai une bonne raison pour tabasser ton putain de cul.

— D'accord, oui, peut-être…

— Où tu es avec ma sœur ? répétai-je.

Galina piaillait maintenant derrière Arvy parce qu'il avait décroché pendant qu'elle était dans la salle de bain.

— Une toute petite chapelle sur le Strip. Elle est blanche et rose, et il y a une grande statue d'Elvis devant.

— On est là dans dix minutes. Si tu l'épouses avant que j'arrive, je te fais tuer. Je connais des gens. Ils font disparaître tes yeux et laisse ton corps dans le désert pour que les carottes mangent.

— Les coyotes, cria Erik pour clarifier la menace.

Je raccrochai avec Arvy et ma sœur maintenant en colère. La ville éclairée ne mit pas le feu à mon âme. En revanche, elle s'embrasa lorsque j'entrai dans la petite chapelle et vis ma sœur, ainsi que ce stupide Arvy sur ses béquilles. Je bondis sur mon coéquipier des Railers. Erik se plaça précipitamment entre nous deux, utilisant toute sa force pour me faire reculer, que je ne pose pas les mains autour du cou d'Arvy.

— Stanislav !

Galina me frappa les bras, ses coups étant plus douloureux que je ne l'admettrais jamais.

— Arrête ! Frapper un homme en béquilles, c'est bas. Tu n'as aucun droit, *aucun droit*, de choisir la personne que j'épouse !

Erik passa ses bras autour de moi, me poussant lentement en arrière quand j'essayai d'avancer.

— J'ai tous droits ! Je suis homme de famille. Tu sais, Mama veut mariage dans église pour toi. Seul enfant qui peut se marier dans église. Tu sais ! Pourquoi briser cœur de Mama ?

Arvy se laissa choir sur un banc, ses béquilles faisant du bruit en glissant contre le bois puis en tombant sur le sol. Galina arrêta de me taper. Erik ne me relâcha pas.

— Je n'avais pas le choix. Je l'aime, dit-elle.

Ses grands yeux gris brillaient toujours du feu soviétique.

— Je sais que la Russie et les États-Unis ne sont pas en bons termes. Ils mettent fin aux échanges entre étudiants, mon visa n'est que temporaire. Je veux vivre ici avec lui, aller à l'école ici, travailler ici, créer une famille comme Erik et toi l'avez fait.

— Tu peux faire ça sans mariage. Tu connais lui depuis deux mois !

— Je sais que je l'aime et que c'est le meilleur moyen pour moi de rester aux États-Unis.

Elle releva le menton et croisa les bras sur sa poitrine. J'en fis de même. Enfin, je relevai le menton. Croiser les bras était impossible, puisqu'Erik était toujours collé à mon torse. Un homme maigre avec une perruque noire apparut derrière des rideaux blancs et dorés.

— C'est le pasteur. On est les suivant. Tu veux bien être un bon frère et me donner à Arvy ?

Je lançai un regard noir à l'homme en costume à sequins. Erik relâcha lentement sa prise sur moi et recula, juste de quelques centimètres, au cas où j'essayais à nouveau de me jeter sur Arvy.

— Arvy, est-ce que tu aimes tendrement et sincèrement ma sœur ?

Il se leva et se plaça derrière elle.

— Oui, je l'aime.

Je scrutai profondément son regard et vis sa sincérité.

— Si tu fais mal ou regarde meuf pimbêche sur la route, je te fais tuer. Je connais des gens.

Je montrai son œil gauche.

— Oui, d'accord, j'ai compris. Les yeux et les coyotes. Je ne lui ferai jamais de mal. Jamais. Tu as ma parole.

Il me tendit sa main.

— Arvy est quelqu'un de bien, Stan, tu le sais, me chuchota Erik.

Son corps ferme contre le mien me calmait.

Je n'en avais pas terminé.

— Lorsque la saison est terminée, nous faisons grand mariage. Dans église. Pour Mama. Je paye. Tu dis non, j'appelle arracheurs d'yeux, dis-je à Arvy.

Galina leva les yeux au ciel.

— D'accord. Je veux l'épouser comme il faut et garder mes yeux.

Je lui pris la main et lui serrai. Une fois. Juste une fois. Ma sœur fit un pas vers moi, son regard moins colérique. Je l'attirai contre moi et l'enlaçai ardemment.

— Tu es mon joli petit oiseau, roucoulai-je en passant une main dans ses longs cheveux sombres. S'il fait une chose de mal…

— J'appellerais moi-même les arracheurs d'yeux.

Elle se mit sur la pointe des pieds pour m'embrasser sur la joue.

— Viens, accompagne-moi jusqu'au l'autel.

Je jetai un coup d'œil à Erik. Il sourit et hocha la tête, puis alla s'asseoir sur le banc à l'avant de l'église.

Bien trop rapidement, ce fut terminé. Ma sœur avait été donné à Arvid Ulfsson et répétait maintenant ses vœux, encouragée par un imitateur d'Elvis. Erik était assis à côté de moi, son bras et sa jambe appuyés contre moi. Je pouvais sentir son shampoing. Sa jambe était chaude et musclée. Je me penchai juste un peu sur la gauche.

— Merci de m'avoir empêché de tuer lui, murmurai-je.

Il me sourit gentiment et laissa ses boucles rebondir sur mon épaule. Je pris sa main et entrelaçai mes doigts avec les siens.

— C'est ça, quand on aime un bolchévique sauvage, répondit-il d'une voix douce.

— Heureusement que j'ai un Suédois dans ma vie pour être calme et neutre.

— C'est une *très* bonne chose, sinon on aurait un Railer sans yeux, mais avec des morsures de coyotes au visage, gloussa-t-il quand Elvis bénit le couple.

Il leur jeta des paillettes au lieu du riz. Ah, les États-Unis. Quel pays merveilleux.

QUINZE

Erik

——————

Stan resta silencieux pendant le trajet jusqu'à la patinoire. Peu importait que nous venions juste d'assister à un mariage, nous devions passer en mode hockey et nous avions déjà merdé en manquant le dernier entraînement optionnel. Une urgence familiale pour l'un de nous deux ? Le Coach pouvait l'accepter. Mais pour nous deux ?

Ce qui fut la raison pour laquelle mon amant discret et moi étions maintenant dans le petit bureau de l'équipe extérieure, devant le Coach Benning, à attendre que la situation déraille.

Je me demandai si nous devrions appeler le représentant des joueurs. Toly était le genre de personnes dont on avait besoin dans la pièce quand on se faisait réprimander. Ou peut-être que nous devrions appeler Connor, notre capitaine aurait tendance à les calmer.

Le Coach Benning nous lança un regard impassible.

— Je ne veux pas savoir, commença-t-il. Stan ?

Stan sembla confus et je ne lui en voulais pas. Est-ce que l'utilisation de son prénom avec un point d'interrogation à la fin signifiait que le coach voulait une explication, même si Benning venait de dire qu'il ne voulait rien savoir ?

— Je ne pense pas que Stan comprenne ce que vous voulez.

Stan me regarda brusquement et fronça les sourcils.

— Je parle moi-même, intervint-il.

Je le laissai faire. Il avait été si heureux après avoir accepté le mariage d'Arvy avec sa sœur, mais quelque chose avait ensuite changé.

— Et ? insista Benning. Je te mets dans les buts ce soir ? Tu as la tête dans le jeu ?

Stan cligna des yeux et s'étira le cou.

— La tête va bien.

— Je veux dire, est-ce que *toi*, tu vas bien ? demanda Benning dans un anglais plus simple.

— Les cages de Vegas ont besoin de moi, répondit Stan.

Il hocha la tête et quitta la pièce. Il partait pendant une conversation avec le Coach, mais je savais bien qu'il s'en sortirait avec ce sale comportement à cause de sa réputation de gardien de but.

Moi, d'un autre côté, j'étais sur la quatrième ligne.

— Il avait besoin que tu ailles avec lui ? demanda Benning en montrant la porte que Stan venait de fermer.

C'était une question piège. Si je n'étais pas allé avec lui, alors Arvy aurait « disparu » dans le désert et on ne l'aurait jamais vu.

— Oui, Coach, répondis-je d'une voix simple et sincère.

Il sembla un peu trop pensif et j'imaginai que ma titularisation ce soir était bien compromise.

— Vois le préparateur avant le match. Tu favorises trop ta jambe gauche.

— D'accord, Coach.

Je me retournai pour partir, supposant que j'étais pris pour le match, que je n'avais pas été écarté, mais jusqu'à ce que je réussisse à sortir de la pièce, qui diable savait ce qui pouvait se passer ? J'allai jusqu'à poser une main sur la poignée de porte.

— Et Gunner ?

Mon estomac tomba dans mes talons et je me retournai pour le regarder en face.

— Oui, Coach ?

— Je vous mets une amende de dix mille chacun, à Stan et toi. Et vous ne manquerez plus jamais un vol avec l'équipe. Ça te paraît juste ?

J'acquiesçai, puisque oui, c'était juste.

— Oui, Coach, merci.

Le Coach Benning secoua la tête.

— Ne me remercie pas. Remercie Toly et Connor, qui ont tous les deux ressenti le besoin de venir à votre secours, comme si vous étiez deux damoiselles en détresse et non des putains d'hommes adultes. Et merde, marque un putain de but ce soir.

Je partis avant qu'il soit encore plus remonté. En fait, le Coach n'était pas le genre de mec à jurer souvent et j'avais l'impression qu'il voulait mettre des « putain » partout dans sa dernière phrase.

Toly était à l'extérieur, Charlie à côté de lui et je sentis une bouffée de gratitude à l'idée que ma ligne soit là pour me soutenir.

— Arvy m'a envoyé un message, annonça Toly.

— Et à moi, ajouta Charlie.

Apparemment, Arvy avait appelé en soutien les

compatriotes russes de Stan, ainsi que Charlie, qui était probablement mon ami le plus proche dans l'équipe.

Toly s'en alla, je fis un *check* du poing à Charlie et ensemble, nous partîmes dans les vestiaires. Il n'y avait pas d'entraînement officiel ce matin, pas un jour de match, mais nous travaillâmes tous sur notre préparation physique et ouais, effectivement, je favorisai ma jambe gauche quand un freinage assez merdique me fit heurter les panneaux dans un mauvais angle.

Les préparateurs physiques firent des bruits désapprobateurs en voyant les mouvements de ma jambe, annonçant que je n'étais pas au top de ma forme, puis me tapotant les muscles incriminés, ainsi que les ligaments pour les faire plier. Un bain de glace plus tard et j'étais prêt à dire que j'abandonnais pour échapper à la torture.

Jusqu'à ce que je mette mes patins et mon uniforme pour suivre Toly sur la glace et m'échauffer. Je me souvins alors exactement de la raison pour laquelle j'avais enduré cette douleur. Le hockey.

Stan était là, accroupi devant sa cage, observant le centre de la patinoire, son corps rigide, sa concentration intense. Je voulais aller vers lui et donner un léger coup de crosse dans sa protection, mais je ne le fis pas, décrivant plutôt des cercles paresseux autour du filet et revenant sur la ligne bleue. Les gradins n'étaient pas remplis, pour l'instant il ne s'agissait que des échauffements, mais un grand contingent des fans de Railers étaient derrière les vitres avec des pancartes. Surtout pour Ten qui, malgré son coming-out et la confessions sur sa relation amoureuse, était toujours assailli par nos fans féminines et, pour être honnête, beaucoup de mecs aussi. À mon avis, cela nous aidait que Ten soit la star de l'équipe. Peut-être que le fait qu'il soit gay devenait plus acceptable à chaque fois qu'il marquait un but et nous rapprochait des play-offs. Bon sang, il était même à égalité avec un autre joueur pour la deuxième place de la ligue en termes de points marqués.

Une pancarte attira mon regard. Une immense photo de Ten avec un éclair blanc au-dessus de la tête, sur un carton noir. Je lus les mots *Dieu déteste les tapettes* et j'en eus la nausée, glissant pour aller m'arrêter juste devant le mec qui la tenait et lui lancer un regard noir. Je bloquais la vue de tout le monde et Dieu seul savait que j'allais empêcher Ten de le voir. Quelqu'un patina jusqu'à moi. Ten. Je n'eus même pas besoin de regarder pour voir de qui il s'agissait. Il avait juste cette aura, avec sa confiance et sa vitesse, ainsi que sa voix ferme.

— Je l'ai déjà vu, murmura-t-il.

— Comment il a réussi à rentrer là, déjà ?

— Le coach appelle la sécurité, m'informa Ten.

Mon cœur se brisait pour le petit. Qu'y avait-il de si mal dans le fait d'être amoureux ? Pourquoi les gens devaient-ils vous juger pour ça ?

Quelqu'un d'autre nous rejoignit.

— Quoi de neuf ? demanda Toly.

Charlie demanda la même chose en nous rejoignant. Bientôt, toute l'équipe des Railers était face à ce crétin, qui était si courageux avec les vitres entre nous. Il vacilla légèrement, laissa pencher la pancarte, puis, curieusement, il dut retrouver sa détermination, puisqu'il cracha sur la vitre. Les gens à côté de lui, ceux avec les pancartes qui aimaient l'équipe et Ten, s'écartèrent et regardèrent l'homme d'un air horrifié. Il n'avait rien de spécial, c'était lui-même un gamin, avec le regard sauvage et ses longs cheveux pendant autour de son visage.

Il sourit alors, d'une façon obscène, quand la sécurité arriva et lui demanda poliment de se casser de là. Je l'aurais bien mis à terre, mais Ten se contenta de secouer la tête et de patiner en arrière pour s'en aller. Le mec à la pancarte lutta et finit au sol, son carton jeté par terre, et il partit lorsqu'il fut escorté à l'extérieur. Une petite fille, pas plus de dix ans, rattrapa la pancarte. Elle fronça les sourcils, puis sortit un feutre et barra les horribles mots, puis elle tourna le carton pour qu'on voie ce qu'elle disait maintenant. *Nous aimons les Railers* avec un gros cœur dans l'éclair blanc.

Je lui envoyai un baiser et souris. Elle baissa la tête, gênée. Je lui lançai un palet et elle me sourit. C'était le genre de fan que nous voulions, ceux qui aimaient juste le hockey et savaient que si un joueur était bon, alors il devrait jouer. C'était aussi simple que ça.

J'ignorai si c'était par solidarité entre équipiers, mais nous jouâmes avec tout notre cœur. Stan interdisait totalement l'accès à son but, je mis le dixième but de ma saison et Max fit un coup du chapeau à la Gordie Howe, c'est-à-dire qu'il marqua un but, fit une assistance et enregistra également un combat. Il lui manquait maintenant une dent après avoir pris un palet dans la mâchoire, quelques secondes avant la fin de la troisième période. Je récupérai le palet pour Stan, afin qu'il le garde pour célébrer son sans-faute. Toute l'équipe mit un petit coup de crosse dans ses protections, tandis que nous nous mettions les traditionnels coups de casque suivant un match. C'était notre façon de remercier l'homme dans la cage.

Notre homme.

Non. Le mien.

— Je dois parler un peu, annonça Stan quand nous retournâmes à l'hôtel.

Il n'était plus discret. Il rit et plaisanta avec l'équipe après le match, toujours de bonne humeur après son sans faute. Il y avait eu quarante-et-un tirs vers son but et incroyablement, la défense et lui les avaient tous arrêtés.

Mais il resta silencieux pendant le trajet jusqu'à l'hôtel, ses écouteurs dans les oreilles. J'eus plus ou moins envie de tirer sur ses écouteurs et de demander ce que diable il se passait. Je ne le fis pas, puisque j'avais deviné qu'il aurait besoin d'être tranquille.

— D'accord, répondis-je d'un air hésitant.

D'habitude, nous faisions exprès de montrer que nous allions dans des chambres séparées, mais cette fois-ci, Stan me prit la main et m'attira vers l'ascenseur vide, directement dans sa chambre. Je tentai de me libérer, c'était bien trop dangereux, mais il s'agrippa plus fermement, et nous arrivâmes finalement dans sa chambre. Il m'attira si près de lui que je fus presque incapable de respirer.

— Je t'aime un peu beaucoup, annonça-t-il.

— D'accord, je t'aime aussi, répondis-je d'une voix étouffée contre son cou.

— Épouse-moi, lâcha-t-il ensuite. Un jour, dans l'avenir. Plus tard.

— Oui, répliquai-je sans hésitation.

Un jour, peut-être quand nos carrières seraient terminées, que sa mère serait en sécurité ici, quand nous pourrions faire notre coming-out sans recevoir de haine, quand je pourrais être aussi courageux que Ten, alors nous nous marierions.

Stan se contenta de me serrer plus fort.

DEUX SEMAINES s'écoulèrent avant que se produise ce que j'aimais appeler l'incident Freja. Enfin, nous avions tous les papiers avec les bons codes, les bonnes lignes, bref. Je me disais que ce serait simple, je n'aurais qu'à signer les papiers et à les renvoyer, mais non, Freja était dans le pays et je reçus un message disant : « *Ce serait cool de se retrouver pour signer. Je pourrais rencontrer Noah* ».

Cool n'était pas le premier mot qui me venait à l'esprit. J'étais mitigé. Son message disait qu'elle voulait voir Noah et ce n'était pas grave, n'est-ce pas ?

— Et si elle l'aime ?

C'était ma plus grande peur. Après l'avoir dit pour la troisième fois d'une façon différente, cherchant une réaction chez Stan, celui-ci me répondit enfin quelque chose.

Il leva Noah et l'embrassa sur les joues. Son visage était couvert d'une barbe de trois jours, le début de ce qu'il aimait appeler sa barbe pré-play-offs. Il me sourit.

— Bien sûr, tout le monde aime petit lapin.

Visiblement, il ne voyait pas le problème dans cette déclaration et j'avais désespérément envie de le secouer pour qu'il comprenne pourquoi j'étais inquiet. Freja n'avait pas voulu être enceinte, ni avoir un enfant, mais il y avait une grande différence entre donner un minuscule bébé hurlant à son père et voir l'enfant magnifique qui marchait presque et réussissait même à dire des *dah* en plus des *bah*. Il aurait bientôt un an, son anniversaire n'était que dans quelques semaines et je n'arrivais pas à imaginer une vie dans laquelle Noah n'était pas là avec moi.

— Tu ne comprends pas, crachai-je.

Je tendis les bras vers Noah et Stan me laissa le prendre. J'avais besoin de câliner mon fils et d'échapper au grand Russe qui ignorait totalement ce que je ressentais. Je réussis à atteindre la porte de la cuisine pour m'échapper quand je me rendis compte que je m'attendais à ce que Stan comprenne mes inquiétudes alors que je ne lui en avais même pas fait part.

Je m'arrêtai et me retournai, tenant Noah contre moi.

— Et si quand elle le voit, elle l'aime tellement qu'elle veut la garde partagée et que je le perds ? Quelle personne saine d'esprit ferait confiance à un joueur de hockey pour garder un bébé et…

Je gardai ensuite le silence, puisque n'importe quel mot que je pourrais lâcher abîmerait l'unité que nous formions, je le voyais clairement.

Je m'attendais à ce que Stan me rassure, me disant aveuglément que tout irait bien.

— Je pense pareil, admit-il avant de s'asseoir lourdement sur le tabouret le plus proche.

Lorsqu'il le dit, je sus que c'était ce que j'avais besoin d'entendre : il partageait ma peur. Je retournai immédiatement vers lui. J'avais une heure avant la réunion, Noah devait être changé et habillé. J'étais toujours en survêtement après ma douche. Stan nous serra tous les deux dans ses bras et nous restâmes là longtemps, prenant la force l'un de l'autre. Nous avions décidé hier soir que Stan ne viendrait pas avec moi, même s'il le voulait et mon Dieu, j'avais moi aussi envie qu'il soit avec moi.

Nous devions être raisonnables.

FACE À FREJA, dans toute sa beauté glaciale et la façon dont elle imposait son autorité sur la pièce, la situation devenait totalement différente. Je ne m'étais pas souvenu qu'elle était si belle, mais après tout, nous n'avions couché ensemble que deux fois, et quand je l'avais revue, elle avait été désespérée, enceinte de trois mois et ne sachant pas quoi faire.

Nous signâmes les papiers du divorce. C'était une formalité facilement réglée, malgré Noah rebondissant sur ma jambe et s'agrippant à mes cheveux, ajoutant un *bah* de temps en temps.

Les avocats sortirent la pile de papiers suivante. Elle était épaisse, c'était la signature finale de la renonciation de Freja à ses droits sur Noah. Je ne l'avais pas souhaitée au début, puisque j'avais voulu qu'elle ait une présence solide dans la vie de son fils. Elle n'avait pas souhaité être présente pour lui à ce moment-là, mais maintenant, qu'en était-il ?

— Il a l'air en forme, commenta-t-elle.

Je vis le petit sourire sur son visage.

— Et il te ressemble beaucoup.

Que pouvais-je répondre à ça ? Devais-je me vanter que mon fils soit le meilleur de l'univers, ou devais-je écarter sa déclaration pour ne pas lui donner d'idées de demande de garde.

J'étais dans un sale état. Je perdais la tête.

— Merci, répondis-je.

— *Dah bah*, ajouta Noah.

Elle me regarda, pensive, puis tira la liasse de papiers vers elle avant de la signer. Dans une rafale de cuir et de soie, elle se leva et déposa un baiser sur la tête de Noah, puis sur la mienne.

— J'ai lu un article, commença-t-elle.

Elle s'assit sur la chaise à côté de la mienne, me tenant la main.

— Enfin, beaucoup d'articles, en fait, sur les femmes abandonnant leur bébé, qui ressentent la perte glaciale de ce qu'elles ont couvé pendant neuf mois.

— Freja…

— Non, laisse-moi finir. J'aurai toujours une place dans mon cœur pour Noah, c'est un impératif biologique. Je ne le vois pas comme le mien, mais tu peux lui dire que je ne regretterai jamais de l'avoir eu. Mais, aussi, que je savais que je n'aurais jamais été capable d'être le demi-parent que tu es avec lui. Tu dois me promettre que tu lui diras toujours ça.

— Je le ferai, Freja. Mais tu peux toujours lui rendre visite et lui dire toi-même.

Elle secoua la tête.

— Non, pas pendant un moment. Quand il sera plus vieux, peut-être, et je peux expliquer que je n'étais pas bien pour lui. Mais il y a autre chose.

Les avocats agitèrent leurs papiers et se parlèrent d'une petite voix grave, lorsqu'elle se tourna vers eux.

— Est-ce qu'on peut être seuls un moment, s'il vous plaît ?

Ils partirent, même si mon avocat semblait sur les nerfs, pensant probablement qu'elle me convaincrait de lui donner Noah.

— Qu'y a-t-il ? demandai-je.

J'étais à la fois prudent et inquiet.

Elle me tendit une enveloppe.

— Il y a un chèque, là-dedans. Pour te rembourser chaque centime dont j'avais prétendu avoir besoin pour mener la grossesse à terme.

— Quoi ? Freja, c'est à toi…

— Je ne voulais pas de cet argent à l'époque et je n'en veux toujours pas. J'étais en colère. Je voulais te faire payer parce que tu m'as obligé à écouter mon cœur. Je ne peux pas expliquer correctement, mais je veux que tu saches : j'aime l'idée d'avoir eu Noah parce que je le voulais. Je ne souhaite pas qu'il sache que j'ai tenté de te repousser en exigeant de l'argent.

— C'est ce que tu as fait ?

— Je pense. Mais je n'ai pas envie qu'il croie un jour que tu as dû l'acheter. Parce que ce n'est pas vrai, il n'y a pas de prix pour un enfant. Il est avec son père et c'est là où il devrait être.

Mon cœur sembla plus léger, mais je ne pus empêcher la montée des larmes qui vinrent me picoter les yeux. Elle m'embrassa alors, sur le bout du nez, et fit la même chose avec Noah.

— Signe les papiers, Erik, chuchota-t-elle avant de les pousser vers moi. Tu ne me dois rien, mais s'il te plaît, ne laisse pas Noah me détester.

Je signai où le Post-It l'indiquait et ce fut terminé. Elle avait tort. Je lui devais tout. Elle m'avait donné Noah.

Elle sourit et bougea pour s'en aller, mais je lui attrapai la main, l'obligeant à se tourner vers moi.

— Il saura toujours que tu voulais ce qu'il y a de mieux pour lui, lui promis-je.

Et je pensais chacun de ces mots.

LES CHOSES REVINRENT RAPIDEMENT à la normale.

C'était *normal* que Stan emménage enfin dans ma chambre, juste à côté de celle de Noah, et qu'elle devienne *notre* chambre. Les paroles de Freja restèrent avec moi et il devint naturel pour moi de dire à Noah tous les jours que sa mère l'aimait et qu'elle voulait ce qu'il y avait de mieux pour lui.

La normalité était sympa et le hockey qui allait de pair avec la famille stable et solide que je créais me faisait vivre ma meilleure vie.

Demain, nous jouions contre Dallas et si nous gagnions deux points, nous étions sûrs d'aller aux play-offs. La Coupe Stanley était à portée de main. Le bourdonnement dans la pièce était celui d'une équipe de vainqueurs.

Lors de l'entraînement, aujourd'hui, nous pratiquâmes les remontées de ligne. Stan chantonna gaiement pour chaque joueur, qu'il lui mette un but ou non. Bien sûr, Ten fut le premier à marquer. Il fit cette feinte élaborée qui fit atterrir Stan sur le dos, comme une tortue, riant comme un fou, puis insultant Ten dans un russe violent. Ten mit un coup de poing en l'air et retourna avec sa ligne, avec un grand sourire, riant de Stan qui ne se relevait pas.

J'aimais cette équipe, rester avec Toly et Charlie, attendre que notre ligne affronte Stan. J'observais chacun de ses mouvements, jugeant s'il y allait doucement, voyant s'il laissait un espace libre entre ses jambes, s'il était lent pour bloquer, s'il y avait à n'importe quelle seconde une chose qu'il faisait de travers et dont je pouvais profiter.

Puis je me rendis compte d'une chose. Je cherchais toujours l'angle, la perte de sa concentration, l'erreur, sa tentative pour être plus malin. Je n'avais pas besoin de le faire. Nous partîmes, Toly me passant le palet, que je transmis à Charlie, qui me le redonna et je me lançai tout droit, sans hésiter. Je donnai un grand coup dans le palet qui heurta la cage et ricocha dans le but, passant derrière Stan qui s'était attendu à ce que j'aille à gauche ou à droite.

Je donnai un coup de poing en l'air et il me sourit. Tout ce que je voulais c'était aller vers lui et embrasser ce sourire.

Je ne le fis pas.

Au lieu de ça, je chantonnai gaiement qu'il était une passoire, et il m'insulta en retour sur mes origines.

Mon Dieu, j'aimais le hockey.

SEIZE

Stan

_____

— Noah, c'est bon patate douce. Tu vois ? Hm, hm, bon.

Je pris une cuillerée de purée de patates douces et eut un haut-le-cœur.

— D'accord, pas bon. Je fais œufs.

— Bah.

Noah tapa le plateau avec sa cuillère.

— Oui, œufs bons pour grand garçon.

Je m'éloignai de la table de la cuisine et allai vers le frigo pour prendre des œufs. La maison était silencieuse ce matin, mais c'était parce qu'il n'était que cinq hures du matin et qu'Erik dormait après un match gagné dans lequel il avait marqué, suivi d'une bonne partie de jambes en l'air. Il était dans mon lit. J'étais vraiment heureux de me réveiller avec lui, à mes côtés, ou même sur moi, ses boucles aplaties à cause du sommeil ou emmêlées à cause du sexe. Nous étions dans la même pièce maintenant. J'avais abandonné depuis longtemps l'idée de retourner dans ma propre chambre. Je regardai le ciel étoilé.

L'inquiétude me mordillait le cœur. Tant de choses pouvaient mal tourner…

— Bah. Dah. Blibiti.

— Ah oui, je trouve que c'est une bonne musique aussi.

Je souris en cassant plusieurs œufs dans une grande poêle. Le garçon parla sans s'arrêter, mais ne dit rien qu'on puisse comprendre. Adler disait que c'était parce que j'étais en train de déteindre sur lui. Tandis que les œufs commençaient à cuire, je me retournai pour atteindre la radio Bose sophistiquée sur le plan de travail. La musique d'Elvis emplit la cuisine alors que le soleil commençait à filtrer au-travers des arbres. La journée démarrait de plus en plus tôt, maintenant qu'avril était là. C'était agréable de se débarrasser du froid de l'hiver. Peut-être que nous pourrions nettoyer le jardin et mettre la clôture. Peut-être que nous pourrions prendre un chien ! Oui. Oh, un chien. Un gros, comme un lévrier qui arracherait le visage de quiconque tenterait de passer par-dessus la clôture et de toucher mon fils. Le fils d'Erik, je veux dire.

— Œufs, bientôt, dis-je au garçon.

Puis je m'assis devant lui et récupérai un ours en peluche par terre, remarquant qu'il avait une oreille mouillée.

— Pourquoi manger oreille d'ours ? demandai-je au petit.

Il me fit signe de lui rendre sa peluche. Elvis commença à chanter une chanson dans laquelle il voulait être l'ours en peluche de quelqu'un, donc je fis danser l'ours à l'oreille mouillée pour Noah. Il couina de plaisir. Je continuai la danse, puis chantai avec Elvis.

— Je ne savais pas que le petit-déjeuner était servi avec un spectacle, dit Erik depuis l'embrasure de la porte.

Il me lançait un grand sourire, plus que magnifique avec son pantalon de pyjama bas sur ses hanches, son nouveau tatouage sur ses biceps et pas grand-chose d'autre. Hier, il s'était fait tatouer le nom de Noah sur le bras, mais il avait ensuite ajouté mon nom, tout enroulé avec un minuscule Pokémon bleu et gris, Kranados, ou un truc dans le genre comme l'avait rappelé Ten. Erik disait que cet animal lui rappelait mon caractère : un roc, inflexible dans mon filet. Il y avait de petits suçons sur son ventre. J'adorais voir mes morsures d'amour sur sa peau pâle. Cela remplissait mes testicules d'envie. Il était si beau, si canon et maintenant, enfin, il était tellement mien.

— Spectacle juste pour Noah, répondis-je quand il alla embrasser son fils sur la tête, puis qu'il vint goûter ma bouche.

— Beurk. Tu sens les patates douces pas sucrées.

Erik grimaça, ce qui fit glousser Noah.

— Très désolé. Je bois café. Tu embrasses encore.

Ce fut ce qui arriva. Un baiser aromatisé au café chaud plus tard et les œufs dans la poêle étaient plus que cuits. Erik gratta ce bazar cramé et recommença, s'occupant de la nourriture pendant que je sirotais mon café et faisais la danse de l'Ourson Bleu.

— Qu'est-ce qui t'a fait lever si tôt ? demanda Erik en posant une assiette remplie d'œufs brouillés légers et de pain de mie grillé devant moi.

Noah fit du bruit jusqu'à ce que ses œufs soient servis. La cuillère vola et il utilisa ses mains.

— Et s'ils gardent Galina parce qu'eux pas contents qu'elle épouse Arvy ? S'ils laissent pas Mama partir ? S'ils savent que nous gay et qu'ils mettent nous en prison ?

— Stan, tout ira bien. Elles ont toutes les deux tous les

papiers qu'il faut. Les avocats des Railers se sont occupés des visas et des papiers nécessaires aux étudiants pour que Galina aille à l'université ici. Ils ont tout étudié au peigne fin.

— Oui, oui, je sais. Peigné fin, mais quand même…

— Tout ira bien.

— Oh, oui, je sais. Tout est bon. Quand même…

Je jetai un coup d'œil aux grandes fenêtres donnant sur le jardin. Le ciel était toujours sombre, mais bientôt, il serait rose et violet. Et quelque part sous ce ciel, de l'autre côté du monde, se trouvaient ma sœur et ma mère qui, je l'espérais, étaient en train de monter dans un avion pour venir aux États-Unis.

— Stan, ta mère va venir. Impossible qu'elle rate la rencontre avec Noah.

— Oui, oui, je sais. Elle veut tellement être *babushka* pour lui.

— Ouais.

Il acquiesça, faisant rebondir plusieurs boucles dorées sur son front.

— Je trouve ça génial que tout ce qu'il a fallu pour la convaincre de venir ici, c'était un bébé chez toi. Dans ta maison.

— Non, non, corrige. C'est notre maison.

Je tendis la main pour la mettre sur la sienne. Son regard se posa sur nos mains, puis revint sur moi.

— Toujours être notre maison. Quand Mama ici, libre de Russie et de haine des gays, maison est bien. Plus de mensonges sur nous. On dit que nous vivre ici comme couple. Juste… pas de gros coming-out. Discret. On fait, c'est tout. D'accord ?

— Oui.

Il glissa ses doigts entre les miens. Ses yeux brillaient comme des émeraudes incandescentes.

— BAH !

Erik reçut des œufs brouillés en plein visage. Je ricanai. Il écarquilla ses yeux verts. Puis un doux sourire étira le coin de ses lèvres caféinées. Bientôt, ma famille serait complète. À minuit, la vie serait comme je l'avais toujours rêvée.

Mais juste pour m'en assurer, je m'arrêterais à l'église russe orthodoxe en allant à la patinoire ce matin, et je prierais. À mon avis, Dieu ignorerait mes supplications à cause de mes baisers aromatisés au café partagés avec un homme.

———

AMY ÉTAIT AVEC NOAH, et Erik nous avait conduit jusqu'à la patinoire. Je consultai ma montre. Pourquoi Galina ne m'avait pas contacté à l'aéroport comme je l'avais demandé ? Y avait-il eu des problèmes ?

— Stan. Donne-moi cette montre.

Je regardai Erik après que nous nous fûmes garés sur le parking de l'entrée des joueurs.

— Non. J'ai besoin regarder temps.

— La regarder toutes les cinq secondes va juste rallonger le temps.

Il éteignit le moteur de la voiture que nous partagions. Je l'avais achetée pour lui, mais lui avait dit que je l'avais achetée pour moi. Vous voyez comme j'étais malin ? Il ne la conduirait jamais s'il savait que c'était un cadeau pour lui. Sa fierté était immense. Ce qui était une bonne chose, mais pas toujours. Je lui rappelai qu'il y avait souvent un excès de fierté avant une défaite.

Je tirai sur les manches de ma chemise et de ma veste grise.

— Je garde, mais pas regarder.

Il passa une main sur ma tête, son contact tendre et aimant.

— Ça va aller. Aie confiance. Tu as prié, non ?

— Si. Dieu sait. C'est dans ses mains, maintenant, répondis-je en acquiesçant.

Nous laissâmes la Cadillac, un grand SUV bleu et non rose, puis nous rentrâmes. Pete nous arrêta et nous parlâmes des quelques matchs qu'il nous restait dans la saison. Les play-offs étaient dans notre ligne de mire et les Railers étaient à égalité avec Pittsburgh pour la première place. Philadelphie avait un point de retard derrière les deux leaders. Il ne manquait qu'un point à l'équipe suivante pour être deuxième. Notre division était plus tendue qu'une robe de bal, comme le disait Adler.

Le vestiaire était plein à craquer, tous les hommes parlant de bonne humeur. Cela me faisait sentir plus joyeux à l'intérieur. Je n'avais pas un véritable soleil en moi, mais peut-être un ciel bleu avec quelques nuages.

— Hé, c'est Van Helsing ! cria Adler.

Il lança un grand sourire à Max Van Hellren qui entrait dans la pièce. Max était un bon défenseur qui avait joué dans presque toutes les équipes de la ligue pendant sa titularisation. C'était un homme immense, avec des cheveux bruns aux reflets roux et une barbe épaisse qu'il taillait nettement.

Ses yeux d'un marron doré étaient aussi vifs que ceux d'un raptor, mais il était amical, à moins qu'on s'en prenne à lui. Si c'était le cas, alors la « Colère de l'Enfer » tombait sur les joueurs de l'équipe adverse. Max avait fait le grand plongeon dans notre équipe, prenant la place d'Arvy, qui était maintenant prêt à reprendre l'entraînement avec un équipement évitant les coups. J'espérais que Max resterait. Il apportait du courage et son humour bourru.

— Je vais te mettre la raclée de ta vie, Lockhart, cria Max par-dessus les rires.

— Tu devras d'abord m'attraper, grand-père, hurla Adler en retour.

C'était ainsi depuis le premier jour où Max était entré dans le vestiaire des Railers. Adler avait crié « Hé, c'est Van Halen ! » à Max et celui-ci avait menacé de lui mettre lui raclée de sa vie, ou de l'emmerder, ou de lui rentrer dedans la semaine suivante. C'était une tradition maintenant.

Erik et moi échangeâmes de doux regards quand nous nous habillâmes. Comme Tennant et Jared, nous n'exposions pas ouvertement notre relation au travail. D'autant plus que personne ne savait que nous étions en couple à part quelques amis proches. Nous ne prévoyions pas d'en faire toute une histoire. Nous voulions juste exister tous les deux.

Après nous être préparés, nous allâmes sur la glace pour travailler avec mon coach. En entrant dans le couloir, je fonçai dans un bel homme noir avec un chien en laisse.

— Désolé, lui dis-je.

Puis je m'accroupis pour caresser le chien. Il était minuscule, avec une fourrure noire crépue. Il agita la queue et me lécha le visage.

— Bon chien ! Pourquoi chien est ici ?

— Je suis Ben, le manager du Refuge Crossroads, sur

Grayson Street. L'équipe nous a invités à venir pendant la première et la deuxième période, pour qu'on amène un animal du refuge qui a besoin d'une maison.

— Ce petit gars a besoin de maison ? J'ai besoin de grand chien. Comme lévrier chasseur de loup. Ce chien peut avoir même taille que lévrier

— Non, il ne grandira plus, répondit Ben avec un sourire de tueur.

— Il est mignon, déclara Max derrière son protège-dents en arrivant à côté de moi.

Je levai les yeux du chien. Est-ce que notre célèbre joueur parlait du chien ou de Ben ? Difficile à dire. Les deux hommes se fixèrent du regard. Puis Max s'en alla, partant sur la glace.

— On vient voir chien bientôt. On vient au refuge. Mais on construit clôture avant.

Ben acquiesça sombrement, marmonna quelque chose, me tendit sa carte de visite, puis disparut dans les couloirs de la patinoire, son chien joyeux trottinant à côté de lui.

— Alors on prend un chien, maintenant ? demanda Erik en arrivant derrière moi.

Ses patins faisaient un bruit sourd quand les protections heurtaient le sol en caoutchouc.

— Oui grand chien. Il mange gens qui viennent dans le jardin. Protège Noah.

J'acquiesçai comme si c'était la fin de la discussion. Le Tsar avait parlé.

— Ouais, on reparlera de ce grand chien mangeur de visage, dit-il.

Puis il se précipita pour passer devant moi. Ce serait trop facile que le tsar ait le dernier mot. Ma maison était une démocratie, maintenant. Ce qui paraissait normal vu que nous étions aux États-Unis.

Je trouvai le Coach Madsen sur la glace et avançai vers lui, mon téléphone portable dans mon gant.

— Si ma sœur appelle ou envoie messages, viens me dire. S'il te plaît et merci.

Le Coach Madsen me prit le téléphone des mains et le glissa dans la poche intérieure de sa veste de costume.

— Je volerais vers toi tel un papillon toi s'il ne fait ne serait-ce que vibrer, m'affirma-t-il en tapotant sa poitrine.

— Bons amis font ça, dis-je en lui tapotant l'épaule. Pourquoi un papillon ?

Il fit rouler ses épaules après que je l'eus touchée.

— Ça veut dire que je viendrais rapidement. Genre, je foncerais en ligne droite sur toi.

— Mais papillons volent pas droit. Papillon vont fleur après fleur, prennent ce qu'ils veulent et volent dans des directions enroulées bizarres.

Je dessinai un cercle en l'air avec mon doigt.

Le Coach Madsen grimaça. C'était le visage que faisaient la plupart des gens quand je leur faisais remarquer que leur façon de parler en anglais n'était parfois pas logique.

— D'accord, c'est vrai, tu n'as pas tort.

— Alors pourquoi tu dis papillon si c'est foncer tout droit sur moi ? Pourquoi pas dire que tu charges comme taureau ? Taureaux vont tout droit.

— Je ne sais pas pourquoi je n'ai pas plutôt parler de taureau, Stan, j'ai préféré dire papillon.

— Et oiseaux volent droit. Genre corbeau, volent droit. Dis peut-être « comme oiseau ».

Je renforçai ma déclaration en acquiesçant. Le Coach leva les yeux vers moi. J'attendis qu'il dise quelque chose.

— D'accord. Je volerai vers toi tel un oiseau si je sens ton portable vibrer.

— Ah, bien. Logique. Merci. J'arrête des buts, maintenant.

— Va faire ça.

Je patinai jusqu'à ma cage. Puis je la touchai. Je la caressai. Je lui chuchotai dans ma douce langue natale. Elles fredonnèrent en retour, glaciale au toucher, mais chaude à mes oreilles.

— *Moya lyubov k tebe gluboka I verna.*

Mon amour pour toi est profond et sincère.

L'équipe tournait sur la glace pour s'échauffer.

— Ce n'est pas ce que tu m'as dit, hier ? dit Erik en s'arrêtant près de moi et en m'éclaboussant de glace.

— Oui. Et alors ?

— Tu trompes ton but avec moi ? me taquina-t-il.

Puis il me lança un clin d'œil insolent avant de patiner à toute vitesse, pour entraver Tennant, ce que personne ne pouvait faire, mais il essaya tout de même.

Je gloussai. Quel idiot. Pourtant, je parlai plus longuement à mon but ce matin au cas-où il devenait jaloux.

MA CAGE SAVAIT que j'étais sincère avec elle et me traita correctement. Au milieu de la mêlée, aucun membre de mon équipe ne marqua pendant ce match important contre la Floride, qui ne marqua pas non plus. Jamie, le deuxième fils des Rowe tenta, mais j'étais bien dans la tête. C'était ce que Ten avait dit. Bien dans la tête.

Après le match, l'équipe et Jamie se retrouvaient quelque part, pour manger un morceau et boire une bière. Erik et moi n'y allions pas. Il m'emmenait à l'aéroport pour récupérer ma sœur et ma mère. D'habitude, après un match, j'étais affamé, mais ce soir, j'étais incapable de manger ou même de penser à de la nourriture.

J'avais reçu un rapide message de Galina quelques heures plus tôt. Dix heures, pour être exact. Elles étaient montées dans l'avion sans problème. Mama avait même fini par parler de hockey avec l'un des hommes qui vérifiait les bagages. C'était la raison pour laquelle j'avais été imbattable contre la Floride et Jamie Rowe. Mon cœur était rempli de tellement de bonheur.

— Tu souris comme si le Père Noël était sur le point d'atterrir sur ton toit, commenta Erik quand nous attendions dans le terminal.

L'aéroport de Harrisburg était surchargé, avec beaucoup de portes d'embarquement. Il n'était pas aussi grand que d'autres dans lesquels j'étais allé, mais tout de même, c'était un endroit fourmillant d'activité.

— Savoir que Mama est en sécurité rend moi aussi heureux que Père Noël.

Erik frotta une main dans mon dos, tandis que je rebondissais pour essayer de voir plus loin. Non pas que j'y étais obligé. Je voyais facilement au-dessus des têtes qui passaient devant moi, mais je ne pouvais m'en empêcher. Je remarquai Galina. Ses cheveux sombres et ses beaux yeux gris. Elle me fit un grand signe de la main. Je lui fis un signe en retour et commençai à me frayer un chemin au-travers des voyageurs qui arrivaient et partaient. Je dus pousser un homme bien en chair pour voir ma mère.

Elle semblait dépassée et effrayée. Une minuscule femme dans un manteau rouge usé qui se tenait au milieu des Américains habillés selon les dernières tendances. Galina me montra du doigt. Les yeux gris aimants de ma mère se posèrent sur moi. Elle commença à pleurer. Je la pris dans mes bras et pleurai comme Noah, longuement et avidement, m'accrochant à ma mère. Je lui murmurai des mots en russe. Elle m'appela son petit bébé encore et encore en éparpillant des baisers sur mon visage. Je tendis la main vers Galina et l'attirai vers moi. Mama sous mon bras gauche et Galina à ma droite.

Regardant ma famille, Erik se tenait seul, souriant, frottant sa main sous son œil.

Je m'éloignai de ma mère et de ma sœur, prenant Mama par la main, une main si minuscule et si froide à cause de l'incertitude, avant de la mener vers Erik.

Je passai un bras autour de la taille de mon amant. C'était la première fois que nous démontrions en public notre affection. Pour certains, ce n'était rien, mais pour nous… c'était tout.

— Mama, voici Erik. L'homme que j'aime, dis-je.

Au milieu de l'aéroport. Les larmes menacèrent à nouveau de couler.

Elle prit son visage entre ses mains usées par le travail et l'embrassa sur le front.

— Noah, dit-elle.

C'était le seul mot qu'elle connaissait en anglais et il s'agissait du nom de son fils. Mama laissa échapper tout un flot de questions, toutes en russe. Erik me regarda.

— Je lui apprendrai bon anglais. Comme mien, mais encore mieux.

Le trajet jusqu'à la maison fut rempli de conversations. Surtout entre Galina et Mama, mais également moi. J'essayai d'inclure Erik dans la conversation, mais les deux femmes discutaient d'Arvy, maintenant. Mama n'était pas ravie que Galina se soit mariée en dehors de l'église. Galina n'était pas ravie que Maman soit ringarde. La situation s'échauffa à l'arrière, jusqu'à ce que nous arrivions devant ma maison.

— Stanislav, me chuchota Mama en russe. Cette maison est trop bien pour moi.

— Jamais, Mama, jamais.

Je me précipitai pour ouvrir la porte et lui prendre la main. Amy était réveillée, surveillant Noah qui dormait à poings fermées dans son berceau à l'étage. Je fis visiter chaque pièce de la maison à Mama, finissant par la nursery. Erik suivait. Galina était tendue et partit voir Arvy parce qu'elle savait que cela mettrait Mama en rogne.

— Cette maison est si grande. Je vais avoir besoin d'une carte pour trouver la cuisine, dit Mama avec bonne humeur quand nous nous glissâmes dans la chambre d'enfants.

Elle arrêta de plaisanter quand Erik prit son fils et le posa dans les bras tendus de Mama.

— *Vash vnuk*, dit-il avec son accent russe terrible.

Mais l'entendre dire « votre petit-fils » était merveilleux. Nous nous étions entraînés pendant deux semaines à prononcer ces deux mots, Erik insistant pour être capable de lui dire qu'il considérait que son fils avait une autre grand-mère.

Les larmes montèrent aux yeux de Mama. Elle tapota la

chaise à bascule en chêne lourd, près de la fenêtre, puis elle s'assit et les boucles de Noah se posèrent sur son épaule. Elle commença à chanter *Bayu Bayushki Bayu*, la même chanson qu'elle avait chantée à ma sœur et moi, tout comme je la chantais à Noah lorsque je le mettais dans son lit.

— Je ne suis toujours pas sûr que ce soit une bonne idée, cette chanson sur les loups qui viennent et emmènent les petits enfants dans la forêt parce qu'ils dorment trop près du bord du lit, chuchota Erik.

Il s'appuya contre moi quand nous regardâmes Mama et Noah se balancer dans le fauteuil.

— Vie est dure en Russie. On l'apprend tôt aux enfants.

— Hmmm.

Je déposai un baiser sur ses boucles.

— Je suis l'homme le plus heureux du monde.

— Vie est bonne ?

Maman nous sourit à tous les deux.

— La vie est merveilleusement bonne. Et pour toi ?

— Merveilleusement bonne.

Epilogue

Erik

NOAH FUT GÂTÉ POUR SON PREMIER ANNIVERSAIRE. J'AVAIS l'impression que partout où je me tournais, quelqu'un me tendait un cadeau. De minuscules tenues pour les Railers, la plus petite crosse de hockey que j'avais jamais vue tout comme des palets, offerts par Arvy et Galina, la création d'un compte épargne par Connor, qui disait que chaque enfant devrait avoir un petit pécule, et cela ne se terminait pas là.

Stan et moi dévalisâmes une boutique de jouets, puis en cachâmes beaucoup lorsque nous arrivâmes à la maison, puisqu'un enfant d'un an n'avait pas encore besoin d'un jeu de voitures de courses, ni d'un set de pièces de construction en métal.

Galina ajouta quelques lapins à la fresque pour qu'elle s'étale jusqu'au mur suivant, une autre famille dont tous les membres portaient des uniformes de Railers. Il était facile d'identifier Ten, Arvy, Stan dans le filet et moi. Elle disait qu'elle rajouterait la coupe Stanley quand nous la gagnerions.

Je faisais semblant de ne pas l'entendre, puisque la part de moi qui était superstitieuse pensait que peut-être, mentionner la victoire pourrait nous faire passer à côté. Nous n'étions pas les favoris, nous allions jouer contre Philadelphie au premier tour. Mais cela n'avait pas d'importance, nous étions une équipe déterminée.

Le seul point noir à l'horizon était l'entretien qui devait avoir lieu entre Galina, Arvy et les services d'immigration. Ils devaient prouver qu'ils s'étaient mariés par amour, mais pour être honnête, quiconque les voyait ensemble savait qu'ils étaient amoureux. Ou peut-être que je le voyais parce que j'étais moi-même amoureux de Stan. Qui pouvait le savoir.

Stan était avec Galina, pensant que peut-être, la présence de son frère – gardien de but de la LNH et riche – lui apporterait un peu de soutien pour son dossier avec Arvy. Quant à moi, je faisais les cent pas dans la maison, faisant rebondir un Noah grognon qui suçait son poing en faisant ses dents. Je connaissais chaque recoin de cette immense maison, désormais, mais il n'y avait nulle part où dissimuler cette inquiétude.

Et nulle part pour échapper à la mère de Stan, qui ne parlait pas anglais et qui me suivait actuellement, alors que je faisais les cent pas. Elle me dit quelque chose lorsque je me retournai dans la cuisine pour faire mon cinquième aller-retour.

Elle passa à côté de moi et se mit devant la porte que je m'apprêtais à franchir, tendant les bras pour prendre Noah et je le lui donnai. Elle le cajola, le secoua doucement, avant de lui donner le gel frais contre le mal de dent que Stan avait acheté hier. La magie se produisit presque instantanément. Noah mâchonna, se détendit à chaque seconde, jusqu'à ce qu'il soit finalement calme dans ses bras.

— Petit lapin, déclara-t-elle d'un air affectueux, en anglais.

Puis elle me sourit et me tapota la tête.

Vivre en famille ? C'était absolument génial.

Stan

— Je vois ça dans un film, dis-je à une grande femme derrière un bureau.

Ma sœur et mon beau-frère avaient leur entretien pour la carte verte. Dans des pièces séparées. J'étais assis à l'extérieur avec une femme qui donnait l'impression d'avoir ingéré un porc-épic.

— Film drôle. Femme du Canada. Risque d'être renvoyée. Épouse assistant. Il est très joli.

— *Elle* est très jolie, vous voulez dire, répondit la Grande Femme Grognon sans aucune émotion.

— Non, je veux dire *il*.

— Oh.

Maintenant, on avait encore plus l'impression qu'un petit animal reposait dans son estomac.

— Ils vont en Alaska. Ils font des trucs drôles. Oiseau vole chiot, mais laisse tomber, donc chiot va bien. J'ai un chien bientôt. Je trouve avant un refuge géré par bel homme. Gros chien. Fais de gros ouaf et mange hommes en short marron.

— Pourquoi êtes-vous aux États-Unis ?

Elle se pinça les lèvres. Son rouge à lèvres était orange. Ce n'était pas une belle couleur sur elle.

— Je joue au hockey. Gardien de but. Vous connaissez hockey ?

Son téléphone sonna, mais elle l'ignora pour me regarder fixement. Je jetai un coup d'œil derrière moi pour voir si quelque chose de bizarre se trouvait là, mais il n'y avait qu'un mur.

— Je déteste le sport.

— Oh. Désolé pour vous. Sport, c'est bien. Garde en forme. Vous devriez essayer.

L'homme aigri qui s'entretenait avec ma sœur sortit du bureau, Galina le suivait, l'air calme et détendue. Je me levai. L'homme aigri avec la cravate marron moche me lança un regard, puis partit dans le bureau suivant pour parler à Arvy.

— Tu as donné de bonnes réponses ? demandai-je à ma sœur.

— Je lui ai dit la vérité et rien que la vérité.

Nous regardâmes tous les deux la femme colérique. Elle décrocha finalement le téléphone. Je passai un bras autour de ma sœur et la guidai vers la fontaine à eau.

— Je te dis, regarder Perry Mason, c'est bien. Tu connais façon de parler des avocats.

Galina sourit en remplissant son gobelet d'eau.

— Stan, tu devrais y aller. Ça va prendre encore au moins deux heures. Ils ont cinq cents questions.

Elle marqua une pause pour boire.

— Ils ont demandé le nombre de fenêtres dans notre chambre, notre mot de passe Wi-Fi, si on a des frères ou des sœurs. Tellement de questions indiscrètes ! Je lui ai dit que s'il voulait voir mon frère, il n'avait qu'à jeter un coup d'œil devant son bureau. Qu'il y avait ce grand Russe en costume noir avec un sourire idiot.

— Mon sourire est idiot d'amour.

— Ouais, je sais.

Elle se mit sur la pointe des pieds pour poser ses lèvres froides contre ma joue.

— Rentre à la maison. Repose-toi. Tu dois affronter Philadelphie pour le premier tour des play-offs dans deux jours.

— Dieter dit que la *babushka* de Trent a fait une poupée vaudou pour chaque Railer.

Cela m'inquiétait. Les Russes étaient superstitieux. Nous ne nous serrions jamais la main au-dessus du seuil d'une porte, nous ne sifflions pas à l'intérieur, nous ne nous asseyions pas au coin d'une table et nous ne souhaitions jamais l'anniversaire de quelqu'un en avance. Je crachai trois fois par-dessus mon épaule. Grande Femme Colérique me lança un regard noir. Galina gloussa en buvant un peu d'eau.

— Stan, les poupées vaudous sont stupides. Rentre à la maison. Blottis-toi contre Noah et Erik. Je t'appelle quand on a fini.

— Vous venez dîner ? Maman fait du stroganoff avec de la *vatrushka* en dessert. J'ai de la vodka pour fêter ta belle carte verte.

— Je vais tellement grossir maintenant que Mama est là.

Galina soupira. Je tapotai mon estomac et acquiesçai.

— On vient dès qu'on a fini ici. Vas-y.

Je lui lançai un regard.

— Vas-y ! Je peux rester ici et lire. Oust.

— D'accord, je pars.

Elle hocha la tête vers la porte. Lorsque je sortis dans la rue, je fus surpris de voir Erik en train de m'attendre. Il était si beau, appuyé contre notre voiture, une brise chaude de printemps poussant quelques boucles dans ses yeux.

— Pourquoi tu es là ?

J'avançai vers lui et passai une main sur son bras.

— Arvy m'a envoyé un message pour venir te chercher. Il a dit que l'entretien ne finirait jamais et que tu rendais fou les employés du bureau.

Je regardai derrière moi, en direction du grand bâtiment fédéral.

— Moi ? Je rends personne fou.

Je levai les yeux vers mon promis.

— Je rends fou ?

— Moi, je suis fou amoureux de toi. Ça compte ?

Mon cœur hésita légèrement. Je pris sa main et déposai un baiser sur ses articulations, sur chacune d'elle. Ici, au milieu d'une rue de Harrisburg.

— Ça compte beaucoup.

Quelle est la prochaine étape pour les Railers ?

Dernière Défense (Railers 5)

Prochain Tome

Dernière défense (Railers #5)

Dernière Défense

Deux hommes, craignant de s'ouvrir l'un à l'autre, doivent prendre une décision qui pourrait briser leurs défenses et les pousser à aimer.

À chaque fois que Max Van Hellren pose un pied sur la glace, il sait qu'il pourrait s'agir de sa dernière fois. À trente ans, il n'est plus de prime jeunesse pour le hockey, mais il cache également une maladie qui, d'après les médecins, pourraient le tuer. C'est sa dernière saison, et il pourrait avoir une chance de soulever la coupe Stanley après quatorze ans en LNH. Il doit juste rester en sécurité et en bonne santé, ce qui est difficile quand on est connu pour ses frappes lourdes ainsi que sa propension à se laisser aller et à mettre son corps entre les palets et le filet pour sauver son équipe.

Un coup d'un soir avec un homme sexy était tout ce

dont il avait besoin, une relation dangereuse et torride, mais si cela se transformait en quelque chose de plus ? Devrait-il partager les secrets qu'il essaie désespérément de dissimuler ?

Ben Worthington avait tout ce qu'il voulait. Un travail enrichissant au refuge Crossroads, des tantes aimantes et un mari qui comprenait sa dévotion envers les animaux. Puis, l'amour de sa vie l'a quitté, succombant si rapidement à une maladie inattendue que Ben n'a même pas eu le temps de dire au revoir. Cette perte violente l'a marqué.

Incapable de surpasser ses peurs, il passe de coup d'un soir en coup d'un soir, étanchant un besoin désespéré qui le dévore, mais ne créant jamais de connexion qui pourrait le pousser à retomber amoureux. Une nuit avec Max lui donne envie d'avoir plus, mais céder à la tentation pourrait ouvrir la porte à des sentiments qu'il ne peut contenir.

Ces deux hommes brisés peuvent-ils trouver une façon d'être ensemble ?

Dernière Défense

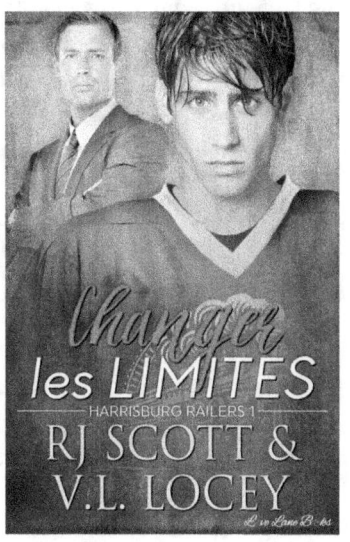

Changer Les Limites (Harrisburg Railers 1)

**Tennant peut-il prouver à Jared que l'âge ne représente qu'un
chiffre et que l'amour est tout ce qui compte ?**

Les frères Rowe sont de célèbres têtes brûlées du hockey, mais en
tant que le plus jeune du trio, Tennant a toujours dû jouer contre
les réputations de ses frères. Afin de sortir de leurs ombres et
refusant de tenir compte de leurs conseils, il accepte un transfert
dans l'équipe des Harrisburg Railers, où il se retrouve face à
Jared Madsen. Mads, un vieil ami de la famille et ancien
coéquipier de son frère. Il se trouve être aussi le nouvel

entraîneur de Tennant, et l'homme le plus sexy sur lequel il ait posé les yeux.

La carrière de Jared Madsen a tourné court à cause d'une défaillance de son cœur, et être coach lui permet de rester proche du jeu. Lorsque Ten intègre l'équipe, son monde soigneusement organisé se retrouve en plein chaos. De neuf ans son cadet et frère de son meilleur ami, il sait que Ten est totalement hors limites, pourtant dès qu'il voit ses mouvements, sur et hors de la glace, il sent que son cœur pourrait lui causer de nouveaux problèmes.

Changer Les Limites (Harrisburg Railers 1)

Saga Railers Hockey / Saga Owatonna U

coécrite avec RJ Scott

Également par RJ Scott

Pour obtenir la liste complète des ebooks et des liens, scanne le code ci-dessus ou visite le site: rjscott.co.uk/liste-de-livres

Également par VL Locey

Pour obtenir la liste complète des ebooks et des liens, scanne le
code ci-dessus ou visite le site: vllocey.com/translations

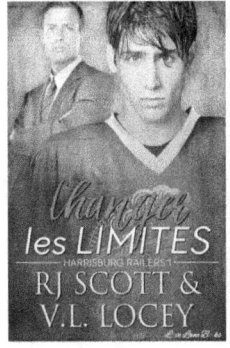

À Propos des Auteurs: RJ Scott

Le but de RJ Scott est d'écrire des histoires avec un cœur romantique, une route sinueuse pour atteindre le bonheur et surtout, ce soupçon de fin heureuse.

RJ est l'auteure de plus d'une centaine de romans publiés et est connue pour écrire des livres avec une fin heureuse.

Elle vit juste à l'extérieur de Londres et passe chaque minute où elle n'est pas avec sa famille à lire ou à écrire.

La dernière fois qu'elle a fait une pause d'écriture d'une semaine, elle a réellement détesté ça. Et elle doit encore trouver une bouteille de vin qui lui résistera.

Website: www.rjscott.co.uk

Newsletter: rjscott.co.uk/NL-FR

facebook.com/author.rjscott

x.com/Rjscott_author

instagram.com/rjscott_author

amazon.com/author/rj-scott

bookbub.com/authors/rj-scott

goodreads.com/rjscott

pinterest.com/rjscottauthor

À Propos des Auteurs: V.L. Locey

V.L. Locey aime porter des jeans usés, le yoga, les éclats de rire, marcher, lire et écrire des histoires puissantes, la mythologie grecque, les New York Rangers, les bandes dessinées et le café.

(Pas forcément dans cet ordre.)

Elle partage sa vie avec son mari, sa fille, un chien, deux chats, un tas de poules assorties et deux bœufs Jersey.

Lorsqu'elle n'écrit pas des romances épicées, elle aime passer sa journée avec sa ménagerie dans les collines de Pennsylvanie avec une tasse de café à la main.

Website: vllocey.com

Newsletter: vllocey.com/newsletter